# 目次

# 序章　小舟

雨がずっと降っている。夕暮れだとはいえまだ九月なのに、きょうは秋冷さえ感じさせる。国会議事堂正門まえには身動きできないほどの人が集まっていた。老人も若者も子どもも連れもいる。みなレインコートを着たり傘を差したりして立っている。カラフルなものも多く目に楽しい。

もう一時間近く経過している。マイクを握って学生やママの会、婦人団体や政党の代表がリレーしながら訴えていた。発言者のリードに合わせて聴衆もシュプレヒコールを上げる。その手はほとんどプラカードを持っている。「戦争反対」「アベ政治を許さない」「だれの子どもも殺させない」「自衛隊員の命を守れ」「九条を壊すな」などなど。雨に打たれていてもはっきり読める。正面に掲げてあるスローガンは傘の波になかば隠れてしまっていた。この景色を空から眺めたら、ちょうど、青海波（せいがいは）のうねりのように見えるだろう。

「すっごい人だね」

と、子ども。

「おう、やっぱり来てたな」

と、男。

「これじゃ、とても捜せないわね」

と、女。

あちらこちらから感嘆の声が聞こえてくる。だれも容易には移動できずにうごめいている。けれども見知らぬ人との以心伝心がここちよいらしく、悪天候の下でも、どの人の表情も親和感に満ちている。晴れていたなら、敷きものを広げて談笑する人や、半袖を着て跳びはねる子どもの姿も見られただろう。

群衆の頭上には、垂れこめる雲を突き刺すように、労働組合や団体の名称を書いた旗と幟が林立している。それをめざして来る人のために、竿に張りついた布をときどき揺らして直そうとしていた。文字を拾い読みすると、東京近辺からだけでなく、全国各地から来ているのがわかる。

そのなかに、人波を掻き分けて集まったグループがいた。彼らは全国教職員組合の旗をめざして来たのだった。まずそれぞれの所属組合のところに顔を出し、そのあとここに集合することにしてあった。胸に「教え子をふたたび戦場に送るな」と書いたゼッケンをつけている。

「すまん、すまん、待たせたな」

「おう、元気だったか。すごい人だから、場所がわからないんじゃないかと心配してた」

「しかし、こんなに多いとは思わなかったよな。で、おまえ今夜どうする。九州まで帰るの、たいへんだろ」

「こっちに息子がいるんだ。そこに泊まることになってる」

「じゃ、あすは休暇なのか、うらやましいよ。まあ、たまにはそれもいいさ」

「みんな、つれあいは来なかったんだ。うちは遠距離介護で、この連休は実家に帰ってるけど」

「うちの夫は地元の集会に出ないわけにいかなくて、こっちには来られないのよ」

「まあまあ、積もる話はあとのお楽しみに」

「それにしてもこの人の数、まだまだ捨てたもんじゃないわよね。この中にいるだけで若返っちゃう」

彼らもみな弾んで言った。どこに視線を移しても目に入るのは人、人、人。

参加者が二万三千人だと司会者が告げると、雨雲を吹き飛ばすほどの音が響いた。大歓声と鳴りものの音だ。サッカー場で聞くような音も交じっている。たしかに若い世代が増えている。

集会の成功に安堵するように彼らはうなずきあい、終了の少しまえにその場を離れた。きょうの目的は集会参加が第一義ではあるが、旧交を温めるのも小さくない目的であった。はぐれないように一列に並び、地下鉄の地上口をめざした。

国会議事堂前駅に下りる階段は、彼らとおなじように早めに引き揚げてきた人で混雑していた。めいめいに雨具やゼッケンなどをリュックサックに詰めこんで電車に乗った。中も混んでいた。きょうは祝日だから、通勤客ばかりとも思えない。この人たちもあの集会に参加していたのかもしれない。

車内は明るかった。顔を突き合わせてみると、さっきの会場では見えなかった老いがだれの顔にも表われている。

「ね、こんな明るいところ、いやだわね」

「そうそう、ふいに映った顔なんて、ぞっとするわ」

小林伊都子が吊り革につかまってささやくと、中野文枝も笑って窓ガラスから目をそむけた。若いころは化粧をしなかったふたりだが、いまは薄く化粧している。五十もなかばをすぎて、肌のくすみを気にするようになったのだろう。

いくつか駅を通りこし、田口修平の声かけで下車した。修平は東京に住んでいるのでいくらかは土地に明るい。けれども当てがあったわけではなく、少し歩けば居酒屋くらいあるだろうと考えていたにすぎない。

路地に入ってしばらく行くと、一軒の古びた店が目に止まった。赤ちょうちんではなく、長さ五十センチほどの太い竹がぶら下がっている。それに「ほしび」と彫られた文字が中のライトで浮き出て見えた。彼らは思わず顔を見合わせた。こんなところでこの言葉に出会おうとは、思ってもいなかった。

「ここにしよう」

岡本淳一が言ってすぐ決まった。

すすけた戸を引くと、としをとった店主が太い声で迎えた。忙しく手を動かしている女は黒髪をひっつめていて、それほど若くはない。夫婦にも見える。客はカウンター席に三人いるだけであった。早めに引き揚げてきたのが正解だった。遅くなっていたら、この小さな店は満席だったかもしれない。

客のうしろの壁に、きょうの集会のポスターが貼ってあった。「強行採決から一年　戦争法廃止！　九・一九(月・祝)国会正門前行動」。居酒屋にこういった政治的なポスターが貼ってあるのはめずらしい。

「総がかり行動実行委員会か。九州でもやってる。きょうはこっちに来たけど」

「おれのところもさ。全国各地でやっているんだよ。日本列島、怒り心頭に発するってとこだな」

片山昭彦と佐藤祐一郎が靴を脱ぎながら言った。昭彦は九州に、祐一郎は東京の近くに住んでいる。

彼らはひと間だけの座敷に上がってでんと腰を下ろした。四畳半ほどの座敷は、六組の人間とリュックサックでいっぱいになった。

「へい、いらっしゃい。なんにしましょ。お客さんたち、あれの帰りでしょ？」

店主が膨らんだおなじようなリュックサックを目に止め、振り向いてさっきのポスターを指差した。

「わかる？　あたしたちけっこう遠くから来てるのよ。マスターも行ったの？」

文枝がおしぼりで手を拭きながら言うと、

「あっしははじめのほうだけ、ちょっと。去年は連日すごかったけど、一年経ったら人数が減ったなんてんじゃ、足許を見られるからねえ、行かねえわけにはいかないよ。まあ、商売も大事だから、すぐ帰ってきちゃったけどさ」

店主は顎を撫でながら言った。あのポスターは頼まれたからではなく、積極的に貼ったもののようだ。適当にみつくろって注文したあと、修平がためらいがちにきいた。

「この店、『ほしび』っていうんだね。どういう意味なんだろ」

「いやあ、若気の至りってやつで、いちおう『星火燎原』からとったんですよ。中国の言葉らしいんですがね、星のような小さな火だって、いつかは広い原っぱを焼き尽くすこともできるって意味らしいですよ。中国の原っぱなんて、見たこともない広さにちげえねえ。すっかり気に入っちまって、若いころはオートバイにも書いて乗りまわしていましたよ。素人劇団の名前に使ったこともあったなあ。で、そのまま屋号にしたってわけでさ。しかし、気にしてくれたの、お客さんがはじめてだね」

彼らより年上らしい店主は、照れながらカウンターの中に戻った。

「やっぱり」

彼らは小声で言い合い、うつむいたり口を押さえたりした。若かりし日の自分たちがそこにいるような含羞をおぼえた。ゆっくりと、懐かしさがさざ波のように広がっていった。その言葉には、若く一途であったころがまるごと詰まっている。

酒と料理が運ばれてきた。

「とりあえず、再会に乾杯」

コップを合わせてたがいの労をねぎらったり、集会の感想を言い合ったりしたが、頭のすみに「ほしび」という言葉がちらついて離れない。

「おい、みんなまだ続けてるかい？　学級通信の名前を『ほしび』にしようって決めただろ、卒業するときに。おれはいちおうやってはいる、職員室に配るようなことはもうできないが。むかしは『読んでくださあい』と言って、みんなに配ったもんだがな」

「おれもやってはいるが、人事考課の自己申告書に学級通信を出すと書いたら、月になん回発行するか、数値目標を書けと言われたよ」

「で、書いた？」

「いや、書けないと言った。自分では一年に五十号を目標にしているけど、言われて書くのも癪だし、数が達成すりゃ評価するなんて考え方もいやだし」

「あたしもやってはいる。書きたいように書けるというわけじゃないけど。主幹、教頭、校長の順に検閲されるんだもの、知らず知らず、自粛するようになっちゃうのよね」

「うちは学年が二学級しかないから、いまは学年通信の名前にしている。学年の同意が得られればの話だけど、語源を説明するとまあ、賛成はしてくれるね」

「じゃ、学級通信は出していないのね」

「ああ。ただ、子どもの文章なんかは教材として印刷する。それだけでも共感はできるし、仲間意識も育てられると思う。でも、やっぱり学級通信は出したいよ」

「じつは、あたしはもう出していないの。学年の足並みをそろえるとかいう理由で。まるで抜け駆けでもしているみたいに言われるの。そうなるとけっきょく、低いほうに流れていくのよね」

「そういう考え方だと、授業だって指導書どおりにやることになるんだろうな。民間研究団体で学んできたことなんか、実践する場もなくなってしまう。人それぞれのやり方を認めるべきだよなあ」

「学級通信だけでなく、いろいろなことがやりにくくなってるよ。学校というより、教育行政の出先機関じゃないかと思わされることもあるからな」

彼らはたがいにうなずきあった。そして郷愁だけではない、現実的な共感が生まれた。

卒業後しばらくは、学校の夏休みに合わせて山登りや釣りなどの計画を立て、いっしょに行動することもあったが、ひとり、ふたりと家庭を持つようになってからは、たまの電話と年賀状のやりとりだけになっていった。それだから、たがいの仕事の詳細は知らなかったのだが、いま聞く話のどれもひとごとではなかった。自分や同僚の顔をあてはめて場面を想起することができる。空白の時間がこんな感情でつながろうとは。

彼らは澱んだようにじっとして、青春の残影をたどった。

彼ら六人、田口修平、佐藤祐一郎、岡本淳一、片山昭彦、それに小林伊都子と中野文枝は大学の同期生であった。出身地はまちまちだが、いずれも大学進学のために上京し、おなじ大学の教育学部に在籍した。全国共通一次試験の最初の受験生である。小学校の先生になるという確固たる目標を持っていたことと、文学好きであることから親近感が深まり、一年経つころには文学サークルをつくった。メンバーは入れ替わりがあったけれども、最終的にはこの六人で落ち着いた。

「ほしび」というのはそのサークルの名称で、同名のサークル誌を出していた。語源はやはり「星火燎原」である。サークル誌といってもボールペン原紙に書いて印刷し、小学生の学級文集のように綴じただけの粗末なものだ。人に読んでもらいたいという気持ちも薄く、仲間うちで批評しあえばじゅうぶんであった。詩や短歌、随筆や小説、文化・芸術論など、ジャンルも多岐にわたっていたが、それを同人誌と呼ぶのはおこがましいと思っていた。彼らにとって文学は脇にあるものであって、正面に据えるものではなかった。それでも文学には心の琴線に触れるものがあり、まったく無縁の生き方も考えられなかった。処世のよすがにするためではなく、文学の心で教育の仕事をするという共通の意気込みがあった。

彼ら六人は一九六〇年に生まれている。高度経済成長の時代に、それぞれの環境でそれぞれの子ども時代をすごした。彼らが子どもだった六〇年代は、政治的にも社会的にも、歴史に残るできごとが多くあったが、それらは記憶にないか、あっても、つながりようのない断片にすぎない。彼らが社会に目を向けるようになったのは大学に入ってからである。指導対象として子どもを見るようになると、教育者の責任の重さを感じずにはいられなくなった。おのずと目は子どもの背後にある社会にとどき、その過程で、自分たちの育った時代をも考えるようになった。このことは彼らが教職に就いたとき、すぐにそれぞれの職場で組合に加入したことと無関係ではない。

彼らが教員になった八〇年代のはじめは、経済の高度成長が終わり、「一億総中流」意識も揺らぎ出していた。七〇年代の後半には企業の多国籍化が急速に進み、国内の工場が縮小あるいは閉鎖され、産業空洞化が見られるようになった。元号が改まる前後の数年は徒花(あだばな)のような好景気に見舞われたが、それは世の中のすみずみにまでとどくような性質のものではなかった。

教育の分野では、教科書の中身への国の干渉が露骨になってきていた。歴史認識をめぐって教科書の執筆者と国の見解がことなって訴訟にまでいたり、裁判が長引いていた。それだけでなく、歴史とは無縁に思われる小学一、二年生の物語にも圧力がかかった。「おおきなかぶ」はロシアの民話であるという理由、「かさこじぞう」はひどく暗い貧乏物語であるという理由からであった。さらには、平和を主題とする物語も対象になっていく。

けれども職場である学校には、まだ組合の風が吹いていた。さまざまな攻撃はあっても、集まり、話し合い、校長や教育委員会を相手にした交渉など、よりよく変えていくための行動を起こすことができていた。そのあと組合が紆余曲折を経て分かれ、新しく全国組織を結成したとき、彼らは期せずして全員そこに加入した。ただしくいうなら、残るという形になったものもあり、加入するという形になったものもあるのだが、いずれにしても、一つの学校に複数の組合が存在することになった。

会わなくなって二十年以上、思い立ったようにこの日に集まることにしたきっかけは、昨年の国会で「安全保障関連法案」が強行採決されたことにある。採決のまえから広がっていた抗議集会や、毎週金曜日の原子力発電所に反対する集会の場で、六人のうち東京近辺に住むものが、たびたび顔を合わせたのだ。それから電話やメールのやりとりをするようになり、事態の一方的な進行にともなって危機感を募らせていった。六人全員と連絡をとりあい、各地のようすなどを報告するようになった。法案は強行採決されてしまったが、あきらめるわけにはいかない。むしろそれからのほうが、気持ちは強くなっていった。そして、一年後のだった。

九月十九日に国会議事堂まえで行われる抗議集会に、全員で参加しようと申し合わせたの

彼らがまた話の穂を継いだとき、入口の戸が開いて若者が顔を出した。カウンター席の空きを目で数えると、振り返って「空いてる、空いてる」と言った。いくつかの居酒屋をのぞいてきたようだ。四人の若い男女が大きなバッグをかかえて入ってきた。はやりの格好がよく似合っている。

「いらっしゃい、学生さんだね。なんにしましょ」

「えっと、ノンアルってありますか? いちおう高校生なんで。いちど、居酒屋のカウンターで食べてみたかったんすよね」

言いながら、若者たちはカウンター席に着いた。そこは座敷に近いところで、座敷からは彼らの顔は見えないが声は聞こえる。これで店は満席になった。

「あのう、このまえの参議院選挙で投票はしたんですけどう、それって、お酒飲んでいいってことじゃないわけですよね」

「そうだろうねえ。選挙権といっしょに飲酒年齢も引き下げてくれたら、こちとらも儲かっちゃうんだけどね。あの集会に行ってきたの?」

店主が目を細めながらポスターを指差した。

「そうそう、あれ。もうすっごい人で、まじ、やばかったっすよ。あんなにたくさんの人が反対してんのに、なんで決めちゃうかなあ。賛成派もどっかに大勢集まってたりして」

「な、はら減ったよ。決めようぜ」

若者たちは壁のメニューを見ながら賑やかに相談した。

座敷にいる六人は彼らのことが気になり、箸を動かしながらも聞き耳を立てた。そして、漏れ聞こえる会話に思わず微苦笑した。

女子高校生のひとりがおしぼりで手を拭きながら言った。

「さっき、学校の先生たちがいっぱいいたじゃん。『教え子をふたたび戦場に送るな』ってゼッケンをつけている人ってそうでしょ？　いいよね、なんかじんとくる。あんなにいっぱいいるのに、うちらの学校の先生にはひとりも会わなかったよね。あの先生たちとうちらの先生、ちがくなくなあい？」

その言葉を耳にして伊都子が声をひそめた。

「ちがうの？　ちがわないの？」

「ちがうんだよ。流れからするとそうなる」

六人はそう結論づけ、さらに耳をそばだてた。

「っていうか、おれたちがあんな集会に行ったなんてことがばれたら、呼び出しもんかもな。いままではなんとかクリアしてきたけどさ。選挙権の説明のときだって、注意することばっか言ってたじゃん。なんか一つくらい、希望もたせるようなこと言ってもいいんじゃね?」

「ムリ、ムリ。学校は我慢させて育てるところだって思いこんでるし。我慢の意味とか種類とか、どうでもいいのさ。なんのためにとか、なぜとか、考えないように教育しているとしか思えねえよな」

「へい、おまちどお。ノンアルと手羽先と煮込みと大根サラダとおむすび。これでいいんだね」

店主が皿を並べると、高校生たちは声を上げて目を輝かせた。

「味噌汁もどうぞ。おばさんのおごりだよ」

店主の妻らしいさっきの女が、暖簾の奥から汁椀をのせた盆を持ってきた。

「いいっすか。ありがとざいまあす」

「じゃ、ノンアルだけど、カンパーイ」

明るい四つの声が響いた。両端のふたりは腰を浮かし、律儀に全員でコップを合わせている。カウンター席に先からいた客が相好を崩して見ている。

高校生たちはぱくぱく食べながらも話も止めなかった。

「信用されてないよねえ、うちら。自由を与えたらろくなことしない、と思われてるんじゃね?」

「それって、教育的とはいえねえし、まじ、むかつく」

「だけどおれ、『これが民主主義だ』とかいわれてもさあ、これってなにか、よくわかんねえ。

意思表示ができるってこと？　その結果は出なくていいわけ？　好きにしゃべっていいだけだったら、テレビのトーク番組とおなじじゃね？　ほら、『そこまで言って委員会』みたいな。あれって、民主主義かあ？」

「あれはちがうんじゃね？　だって、人の言うこと最後まで聞かねえし、意見がちがうとすぐ喧嘩腰になるし」

「あんまり大きな声じゃ言えないけどう、うちなんか、民主主義って多数決のことだって、ずっと思ってたもんね。だって、ほかになんかあった？」

「それ、いえてる。民主主義の実感なんて、ないもん。じつは先生もわかってなかったりして、だから教えられなかったとか」

「いまはあの集会で言われてることがいちばんビビッとくるけど、集団的自衛権が戦争につながるといってもさ、おれたちが生まれてからずっと、自衛隊が海外に行くのはフツーだったじゃん。憲法九条は一字一句変わってねえけど。その九条を守るっていうのは、いまの自衛隊の状態をそのまま守るってことじゃないわけだろ？　としとった人とおれたちじゃ、ちがう場面を見ながら、おなじ言葉を使ってるような気がすんだよなあ」

「つまりさあ、憲法をもっと広めなくちゃいけないんじゃないのお？　だって、いいことがいっぱい書いてあるわけだし、知ってれば役に立つわけだし」

「どうやって広めんだよ。集会に誘うのとはわけがちがうし」

「だからあ、それこそ学校のやることじゃね？　生徒が毎日集まってくるんだし、公民とか歴史の授業だってあるわけだし、いちばん合理的な方法じゃん」

「そうなんだよ。まさに、そういうことを教えてもらいたかったんだよな。なんかおれたち、ずいぶん、人生の回り道をさせられたような気がするなあ」

高校生たちはおおいに食べ、おおいにしゃべった。やがて満腹したのか、店主に勘定を聞いて割り勘の計算をはじめた。

「ちょうどのところでいいよ。半端はおれのおごり。この雨の中、ご苦労さんだったね」

「まじっすか、ラッキー」

彼らは口々に礼を言って出ていった。

「人生の回り道ってのはよかったね」

先からいた客のひとりが店主に言った。店主も苦笑した。

「おれたちのがきのころより、ずっとしっかりしてるよ。時代は回るんじゃなくて、ちゃんと進んでいるんだよなあ」

「お、中島みゆきに異議申し立てか？」

「息子に言われたらカチンとくるが、あの子たちは応援したくなっちゃうねえ。おとなには見えない形でちゃんと育っているってことだよ。さて、おれたちもそろそろ引き揚げるか」

「そのとおりだね。おとなが見ようとしなければ見えないところが厄介だけどね。まいどありい」

常連客らしい三人連れも帰っていった。店内は急に静かになった。

はじめは高校生の雑談だと軽い気持ちでいた六人は、いつのまにか箸を持ったまま聞き入っていた。彼らの舌ったらずの言葉が頭の中でうずまいている。

ふと客のいない静かさに気づき、とりつくろうように店主を呼んだ。

「かわいい子たちだったね、まっすぐな感じで」

「あんな集会に身銭切って行くくらいだから、ちゃんと考えてまさあ。そこまでたどり着けずに、危なっかしいところで、足踏みしている子もたくさんいますがね」

店主は実感をこめて言った。たしかに、高校生に限らずこの運動に参加している人の多くは、労働組合の動員にあたるようなものはなく、自らの意志で自腹を切って参加している。高校生にとっては交通費だけでもばかにならないだろう。

六人はそれぞれ追加注文をしたが、高校生のことを話題にするつもりはなかった。頭でうずまいているそれらは、容易に答えの出るものではなかった。

「まいった。民主主義は多数決、かあ。おれたちが学校でそう思わせてきたんだなあ」

「学校でちゃんと憲法を教えるべきなのよ、たしかに。自分は主権者なんだ、こんな権利を持っているんだ、ということを、社会に出るまえにしっかり学んでいたら、若者の働き方も少しは変わっていたかもしれない」

「歴史も古代からじゃなく、自分たちが生きている現代から先に教えるべきだね。どうやっていまがあるのか、なにが大切なのか、義務教育のあいだにきちんと考えさせれば、自分たちが歴史の最先端にいることも実感できると思う」

「自衛隊が海外に出るようになったのは、国連の平和維持活動に協力するという、ＰＫＯ協力法が通ってからよね、たしか……」

「二十四年まえだ。だからいまの大学生だって、あのときの反対運動は知らないわけだ」

「もう、そんなになるか。あのときだってまさかと思ったけど、粛々とことは進行していたんだなあ。いまはまさに崖っぷちだ」

ぽつりぽつりと話しながら、六人は自分の近況報告をする気持ちを失っていた。それがさっきまではそこそこのさし迫った課題であったことも、それを言いあうためにここに来たことも事実なのだが、どのような日を送っていようと、考えなければならないことがあるのだと思い知らされた。しかもそれは現実の外にあるのではなく、彼らが直面していることと地つづきであることがわかっていた。

ややあって、文枝が壁に向かって身を乗りだした。

「見て、あれ、啄木じゃない？」

座を立って近づいてみると、額に入っているのは啄木の詩であった。筆ではなく、味わいのあるペン字である。店主の手になるものかもしれない。この店ができたときからここにあるといった風情であった。六人はめいめい声に出さずに読んだ。

飛行機

見よ、今日も、かの蒼空に
飛行機の高く飛べるを。

給仕づとめの少年が
たまに非番の日曜日、
肺病やみの母親とたつた二人の家にゐて、
ひとりせつせとリイダアの獨學をする目の疲れ……

見よ、今日も、かの蒼空に
飛行機の高く飛べるを。

静謐な時間が流れた。
石川啄木は彼らがもっとも愛読した文学者であった。天性の文学的感受性と明瞭な自意識、揺るぎない自尊心。それらはときに傲慢にもうつり、顰蹙を買うこともあった。けれども、だれにもなににも媚びず、人の、とくに弱者の心の機微をとらえた作品は、語らずして時代を写し取るものであった。生活の中から拾い上げた短歌はこれまでにはなかったもので、その斬新さとともに、新しい時代の文学のあり方を示唆するものでもあった。真実を求めずにはいられない精神は、次第に社会主義の思想に近づき、貧困と病の中でも、韓国併合や大逆事件などに深い関心を寄せるようになる。死のまぎわまで、大逆事件の裁判記録を書き写すなど、気高く強靭な意志を持ち続けた二十六年の生涯であった。

「やっぱり、いい詩ね」

「いつ読んでも心にしみいるよ」

「おまえはなにをしてきたのかっていわれているよ」

自嘲的なその言葉にだれもがうなずいた。

「おれたちも『ほしび』創刊号の巻頭に、啄木の歌を載せたよなあ。おぼえてるかい?」

「ええ、あたし、いまでもそらんじているわ」

「じゃ、学生時代に戻っていっしょに言ってみるか。せえの」

「想ひのせて　想ひに胸の　魂ひめて　世の海こぐか　詩歌の小舟」

彼らは二度くりかえし、示し合わせたように吐息した。

「おれたち、小舟のつもりだったんだよな」

「しかも、自分でこぐつもりだったのよ、啄木みたいに」

「よく言うよってか」

その歌は啄木が十六歳のころ、「秋韷笛語」という題をつけた日記に書いた歌の一つであった。啄木の歌の中では決して上等とはいえない。けれども、身の丈など露ほどにも考えない幼く仰々しい決意が、当時の若い彼らには好ましかった。しんじつ、彼らは世の海にこぎだすつもりで教職に就いたのである。

二十年以上のちらばっていた時間が、なんの齟齬もなく一本になった。ふたたび熱い感情が胸を満たし、あのころとおなじ立脚点に立っているのを感じた。共有できる文学的な感動を味わうのはひさしぶりだが、それだけではなく、仕事がもたらした連帯感が加味されているのかもしれない。一つの若い理想が現実の多様な場面に遭遇し、必要に迫られてさまざまな判断と行動を編み出してきた。その過程で身についた感覚に通底するものがあるというのは、日常の身辺を思えばありがたいことにちがいない。

しかし、連帯感はそれほど単純なものではない。おなじ気持ちを味わっても、それが表に出るときは個別の形をとる。教育の場ではとくに、向き合う現実もそれに対する判断や行動も、一つとしておなじものはないからだ。子どもも教員も唯一無二の存在であり、たえまなく変わっていく。上首尾に思われた指導も、そのまま他にあてはめてうまくいくことはない。彼らはそれがじゅうぶんわかる年齢になっている。

彼らはいま、孤独ではなかった。けれども、ひとりであった。ひとりずつであった。

# 一章　雨後の月

## （一）

二十数年ぶりの再会は田口修平の胸に大きな余韻を残した。あうんの呼吸で通じた快感と、あすからまたひとりだという緊張感がないまぜになっている。きょうまでよりはがんばれそうな、けれども、どこか沈んだものをかかえて帰途に就いた。居酒屋で言ったことは、あの場の雰囲気がなければ口から出なかったかもしれない。六人でいたから、よぶんな忖度もせずに話せたのだ。

もよりの駅で下車したときには雨も上がり、心もとない月が雲の切れ間から顔を出していた。まだ電車に揺られている友の顔をひとりひとり思い浮かべながら、修平はその月を見上げた。きゅうに、時間が急ぎ足ですぎていくような気がした。

歩を進めるにつれ、気分は重くなっていった。若いころは、組合の集会や研究会に参加するのが文句なしに楽しかった。その場で力がみなぎってきて、すぐ実践にとりいれたり、同僚に広めたりもした。けれどもいまでは、力を発揮する場も少なくなっている。修平の求めるものとはべつの流れができていて、疎外感を味わうこともある。若い教員が増えればその流れは活気づく。そして堂々としてくる。

べつの流れというのが歓迎できるものなら問題はない。多少のとまどいはあっても、流れに乗る努力には喜びがある。しかし、それはいっけん新しさを感じさせても、なにかが発展的解消をして表れたものには見えず、むしろ退行しているような印象を受ける。教育の本質から逸れた支流が、これが時代の最先端だという顔つきで、本流にとってかわろうとしている。かといって、修平に確固たる自信があるというのでもない。なじめないというだけで門を閉ざし、やりやすいことをやろうとしているだけかもしれないのだ。

職場の雰囲気も変わった。これまで、学校に不当なものを持ちこんでくるのは教育行政であった。多くの場合は管理職を通して、教育のなかみや教職員の服務についての通達という形で下りてくる。それが子どもや教職員にとって好ましいことはほとんどなく、たいていは内容の画一化と管理の強化だ。そんなとき、修平は抗議の声を上げてきたし、その理由を述べれば、少なからず同僚の理解が得られてもきた。

それがいまは、厄介なことになっている。教育委員会や管理職が相手だったのが、その意図するものがじわじわと校内に浸透し、じっさいに対立する相手が同僚の場合も出てきた。

それも論をたたかわすというのではなく、空気の陣取り合戦をしているような感じなのだ。このままいけば、外からなにもいわれないのに自粛するようになってしまうだろう。修平は息苦しさを感じだした。そして、学校が内側から溶けていくように思えてならなかった。

家に着いたとき、妻の響子はさきに帰っていた。窓から明かりが漏れ、白い車がいつもの場所に停まっている。響子はこの連休を利用して実家に戻っていた。実家には母親と兄夫婦がいる。

「おかえりなさい。早かったのね。ひさしぶりの飲み会だから、もっと遅くなるかと思っていたわ。みなさん、変わりなかった？」

「ああ、みんな平教員のままでがんばってたよ。あすは仕事だし、けっこう遠くから来ているものもいたから、そんなに遅くもなれないさ。まあ、元気は元気だけど、もう若くはないんだと思ったね。で、お義母さんはどうだった？」

「うん、こっちも元気は元気なんだけど……なんで、あんなにわがままなのかしら。もっと理性的な人だったのに。三日もいたら、ストレスがたまって気が変になりそうだったわ。お義姉さん、えらい、あたしにはとても真似できない」

響子が口をとがらせた。これは若いころからの癖だが、本気で怒っているときの表情ではない。もっとしゃべりたいことがあるのだ。微苦笑しながら居間に向かう修平のあとから、思ったとおり、響子がしゃべりながらついてきた。

響子の実家は東京から車で三時間ほどのところにある。父親は司法書士だったので、街なかに住宅とは別の小さな事務所を構えていた。人は雇わず、母親が雑務を担当してきた。ふたり兄妹の兄は父親のあとをついで司法書士になり、響子は小学校の養護教諭になった。修平とはおなじ学校に勤務したときに知り合って結婚した。

父親が五十代の若さで亡くなってからは、兄と母親で事務所をきりもりした。兄はすでに結婚していたから、若夫婦に任せればよかったのだろうが、母親は第一線を退こうとはしなかった。必然的に義姉は、家事全般と子育てを担うようになった。

その母親が数年まえに大きな骨折をした。入院が長引いたこともあって、いまでは杖を手放せなくなり、生活のほとんどの場面で介助を必要としている。事務所には人を雇ってすんだが、母親の介助のすべてが義姉にかかってきた。兄の子どもはすでに家を出ているので、いまは夫婦と老母だけの生活がつづいている。そんな義姉をたまには解放してやりたいと響子が言いだし、夫婦を旅行に出したのだった。

響子はこまごまとした不平を並べた。聞いていると、売り言葉に買い言葉の母娘のやりとりが目に浮かぶ。

「なにがおかしいのよ」

「いや、これがぼくのおふくろだったら、きみも義姉さんとおなじようにすると思うよ。ヘルパーさんに来てもらうことはできないの？　風呂にいれるのなんか、たいへんだと思うけど」

「だめなの！　そんな簡単にはいかないのよ」

響子は、さっきよりもっと口をとがらせて言いまくった。

響子がまず口にしたのは、介護保険制度への不満であった。保険料は年金から引かれているのに、サービスはだれでも受けられるわけではないのだという。本人や家族が希望しても、介護度が行政の定めた基準に達していなければ認められず、家の中に世話のできる人がいれば、介護を要する人としては扱われない。

「つまり、お義姉さんがいる限り、介護が必要とは認められないわけよ。だったら、そんな保険には入る必要がないでしょ？　なのに、保険料だけは強制的に取られるんだから、もう」

修平はもっともな話だと思いながら聞いていた。健康保険とはまったくちがうもののようだ。

「でも、それだけじゃないのよね」

響子が肩を落としてつづけた。

母親も義姉も、それぞれの理由で他人が家の中に入るのを望まないのだ。他人が入ると、程度の差こそあれ、生活がガラス張りになることは否めない。義姉は主婦としての有能さをはかられるように感じ、母親は肌に触れられるのをいやがる。そのどちらの気持ちも理解できないわけではない。

「だけど実際問題として、そんなことも言っていられなくなると思うよ」

「それはわかってる。お母さんは七十すぎまで事務所で働いていたから、いまの自分の状態を受け入れられないのよ。それでも、寝たきりになったりしたら、ふっ切らなければならなくなると思う。でもね、ヘルパーさんが女性とは限らないの。希望はしても都合のつかないときもあるそうだし。入浴や清拭は、やっぱり女性にやってほしいもの。それって、最後までゆずれない気持ちじゃないかしら」

響子はうつむいた。

修平はふいに、自分にも介護の必要になるときがくるかもしれないと思った。みずしらずの女が自分の体に触れる。病院で看護師に手当をしてもらうのとはちがう。その指の動きを想像すると、やはり耐えがたいことに思われた。

「それに、お母さんもお母さんなのよ。なまじ歩けるものだから、背後霊みたいにくっついてまわって、気に入らないことがあると、杖のさきであたしのお尻をつつくのよ。ちゃんと口で言えばいいじゃない。あたしが子どものころはずっとそう言ってたんだから。けっきょく、伝わらなくてまたいらいらするのよね。あんなにひねくれた人だとは思わなかったわ」

響子はむきになってしゃべったが、修平はほとんど聞いていなかった。女の指が頭から消えず、そんなことに平気になるくらいなら死んだほうがましだ、などと埒もないことを考えていた。

「ね、聞いてる？　これ、お義姉さんからのおみやげ。あなたの好きな仙台の笹かまですって。飲む？」

「いや、よしとく」

「こんな気をつかうから疲れるのよね」

響子は笹かまぼこを眺めながら言った。母親に対するのとは異質だが、やはり不満といえるものがめばえていた。

その夜、修平はなかなか寝つけなかった。これでもかというように、やりすごせないものがなだれ込んできて、ずっと心がざわついている。しかも、とどめが女の指だとは。

となりのベッドで響子が深いあくびをした。

「響子、ぼくが死ぬまで死ぬなよ」

「どうしたの、きゅうに」

「いや……」

「だいじょうぶ、ちゃんと最後まで面倒みてあげるから」

響子はそう言って、くるりと背を向けた。すぐに寝息が聞こえてきた。

長い一日だった、と修平は思った。

翌日、修平はいつものように重い鞄を持って家を出た。車通勤が認められなくなってから、ノートなどをかかえて往復している。電車とバスを乗り継いで行くのがだんだん苦痛になってきた。息子たちを保育園に預けていたころは、送迎も通勤も車だったから、いまの子育て世代より恵まれていたといえる。実家の近くに住むなど、条件をととのえなければ、子育てと仕事の両立はむずかしくなっている。

歩いていると頭から太陽が照りつけ、すでに日中の残暑が思いやられた。水泳の指導は先週で終わったが、こんなに暑いとまたプールに入りたくなる。

「おはようございます」

修平は職員室の戸を開け、だれにともなく言った。いくつかあいさつが返ってきた。この時間に出勤しているものは少ない。

机上にはめいめいパソコンが置いてある。学年に一台の割で教育委員会が支給しているが、ほとんどの教員は自分のを持っている。すべての印刷物が手書きではないからだ。まだ手書きが残っているのは通知表の所見くらいだが、それも来年度からパソコン対応の書式に替わる。

入口の壁には名札がかかっている。それを裏返して所在の有無を示すやり方だ。この旧式な方法がタイムカードに替わるらしいと噂になったことがある。しかし、いつとはなしに消えてしまった。

教員は人材確保法によって残業が認められていない。林間学校など宿泊をともなう行事や、運動会などの準備で校長が承認した場合には、賃金ではなく、そのぶんの時間を代休として与えなければならないことになっている。もしタイムカードに記録が残れば、代休を与えられないほどの時間が出てくるのは目に見えている。それがわかって立ち消えになったのだろう。

修平は名札を裏返すと職員室には入らず、まっすぐ一年一組の教室に向かった。子どもを教室で迎えるというのが、教員になったときから心がけていることであった。休み明けにはとくに気を配る。登校を渋る子どもが出やすいからだ。できあがっている集団に気後れする子どもは少なくない。そのとき担任が声をかけると踏み出せる場合がある。

天候が悪いときは昇降口で雨具の始末を手伝う。他学年の担任なら授業の準備ができる時間帯だが、修平はこの時間が好きだった。黄色のランドセルカバーをつけ、黄色の傘をさして歩いてくる子どもは、ひよこの群れのようにそうぞうしくて愛らしい。

「おはよう、元気だったかい？」

いつものように教室で迎えていると、となりの学級の健太がはにかみながらやってきた。おとなしい子どもで、自分から修平の教室に入ってくるのははじめてだ。手に小さなレジ袋を持っている。

「ママがね、ありがとうだって」

健太は小声で言って、袋をそっと修平に渡した。両手をうしろで組んで、じっと修平の顔を見上げている。

修平はめんくらった。となりの学級の保護者に礼を言われるようなおぼえはない。いぶかりながら袋をのぞいてみた。水着が入っている。やっと合点がいった。

「洗ってきてくれたのか、ありがとな」

ようすをうかがっていた子どもたちが寄ってきた。修平は急いで袋を教卓のひきだしにつっこんだ。

「なに、なに、見せてよ」

「なんでもないの、先生の落としものを拾ってきてくれただけ」

「ちぇっ、つまんないの」

子どもたちはボールを持って教室を出ていこうとした。元気のよい男子がまたボールを独占しているのではないか、ふとそんな思いにとらわれた。

「おうい、きょうはきみたちがボール当番なのかい」

「そうだよ、火曜日だもん。みんなで決めたのに、先生、忘れちゃったの？」

「そうでした、そうでした。きのうはお休みでした」

修平は安堵しながらさっきの袋を取りだした。水着といっしょに手紙も入っている。健太はいつのまにかいなくなっていた。

――お心遣いに感謝いたします。友だちといっしょにプールに入れて、健太もとても嬉しかったようです。健太の嬉しいことが増えるように、わたしもがんばります。――

短い文面から母親の気持ちが立ち上ってくる。修平は二組の教室に行き、手まねきして健太を呼んだ。

「お母さんに手紙なんかもらっちゃったよ。優しいお母さんだね。田口先生が喜んでいたって伝えてくれるかな」

健太は大きくうなずいて席に戻った。嬉しさの表し方が見つからないとでもいうように、額をこすったり机をカタカタいわせたり、落ち着かないでいる。修平は思わず頬を緩めた。

健太が持ってきたのは男子用の水着である。六月に水泳指導がはじまってから、週に二回あるその授業を、健太は毎回プールサイドで見学していた。見学者はいつもいる。健康上の理由で保護者がとどけてくるし、水泳帽などを忘れたという場合もある。しかし、二回つづくことはあっても毎回ということはない。

それを不審に思ったのは、健太の担任の高梨青子であった。この四月に採用されたばかりで、修平はその指導教官になっている。青子の話から健太が水着を買ってもらっていないことがわかり、修平が知人からもらってきて渡したのだ。返してもらうつもりはなかったが、母親は洗濯し、礼状を添えて返してきた。

修平は教室にいた青子を廊下に呼びだし、手紙を見せた。もちろん、青子も同様の手紙をもらっていた。

「ほんとうに優しいお母さんなんですね。一生懸命働いていらっしゃるのに、気の毒でなりません」

「あげたつもりだったのに、律儀だねえ。貧乏は自己責任じゃない。派遣法や均等法が改悪されてきたから、ちゃんと働いても生活できないようになったんだ。それにしても、健太くんのことよく気づいたね」

青子はうなずきながら聞いていた。その法律を知っているかどうか、判然とはしなかったが、母親の状況を慮っているのはたしかだ。

修平もまた、安堵していた。研修制度に組みこまれるようで気が重かった指導教官の役目を、自分流のやり方でやれたと思った。まだ力を出せる場面はあるかもしれない。そう思うと、いくらか気も晴れた。

初任者研修制度がはじまったころは、退職校長が嘱託として指導教官をつとめていた。しかし、だんだん不足するようになった。退職者が増え、多くの新規採用者が必要になったからだ。

教員の高齢化が教育の停滞を招いているといった報道が広まり、行政は退職金を割増しにして退職を勧奨するようになった。すると予想を上回る応募があった。ベテラン教員といえども授業が成立しなくなり、保護者の苦情に対応する術を失い、事務のＩＴ化に対処しきれず、疲れ果てていた教員が多すぎたのだ。

研修制度は雪だるま式にふくらんでいった。初任者研修は日程、内容ともに厳しくなり、教育センターでの研修や研究授業だけでは不足とばかりに、二泊三日の洋上研修まで行われたこともある。それだけ、子どもと触れ合う時間も授業の準備をする時間も減っていく。そのうち初任者研修だけでなく、フォローアップ研修、十一年目研修など、目こぼしのない制度がつくられていった。くわえて教員免許の更新制度まででき、いつも、だれかが出張に出ている状態だ。いまや学校は研修漬けになっている。

研修で担任が不在になると、その学級に後補充が必要になる。子どもは、担任の用意した課題をほかの教員の監督下でやることになる。必然的にひとり学習になり、楽しい授業とはほど遠い。後補充に入る教員も、週になん回かの空き時間を奪われ、自分の仕事はたまるいっぽうだ。後補充の手配をする教頭の仕事もかくだんに増え、研修報告書に目を通す校長の仕事もまた、おなじように増えた。教育委員会は立案するだけで、実務は学校に丸投げしている。しかし、指導力を高めるためという理由がつけば、断ることはできない。研修は教員の権利であり、職務でもある。

それにしても、青子の観察力と行動力はたいしたものだ、と修平は思った。ひごろから子どもをよく見ていなければできることではない。あのとき、青子は採用されてまだ三ヵ月しか経っていなかった。初任者研修で身についた力とは思えない。しかも青子は、管理職よりさきに修平に相談してきた。初任者は管理職への報告・連絡・相談を強要される。それをしなかったのは、実践的な対処法を求めていたからだろう。

その日、帰宅する修平の足どりは軽かった。日が落ちるとさすがに蒸し暑さもやわらぎ、ここちよい風さえ感じる。

響子はさきに帰って夕飯のしたくをしていた。息子たちが家を出てからは、としのせいか料理の好みも変わり、朝食のような夕食が増えた。

「あら、なんかいいことあったみたいね」

「まあね」

「そうそう、さっき龍平から電話があったわ。やっぱりメールとはちがうわね。声が聞けるんだもの」

「北海道か？　アメリカか？」

「アメリカよ。いくら双子だからって、どっちがどっちにいるかくらいおぼえてよ。まったく自分がつけた名前なのにこんがらがっちゃって」

「で、なんの用だったんだ」

「たいした用はなくて、元気でいるから心配するなって。トランプのことを言ってた」

修平はすぐにはわからなかったが、大統領選挙のことだと気がついた。

「あんな人が大統領になったら、アメリカは国じゃなくて株式会社ＵＳＡになるって言うの。

お金のことしかわからないみたいよ。またメキシコとの国境に高い壁をつくるんだって。ベルリンの壁が壊れたとき、みんな喜んだのにね。日本は島国だから、腹の立つことはいっぱいあるけど、その点だけはよかったと思うわ。あなた、ごはんできたから、早く来て」

修平が着替えているあいだも響子はずっとしゃべっていた。ひさしぶりに息子の声を聞いてはしゃいでいる。

株式会社ＵＳＡとはうまいことを言うと微苦笑しながらも、修平の耳は響子がなにげなしに口にした言葉を拾った。それは修平の記憶を刺激した。ベルリンの壁が壊れたのは、元号が平成にかわった年だった。平成元年は一月八日からはじまり、秋にベルリンの壁が崩壊した。中国で第二次天安門事件が起こったのもそのころだ。はじめて消費税が導入されたのも、おなじ一九八九年だ。率は三パーセントだった。日本はバブル経済の終焉を迎えようとしていた。

修平の頭の中で走馬灯がまわりはじめたとき、響子の催促する声がした。

向かい合って食卓に着いた。修平は晩酌はしないことにしている。たいていは夜も仕事をするからだ。

「あいつ、アメリカになにしに行ったんだっけ」

「研究、アメリカ文学の」

「それで食っていけるのかねえ。定年になったら、細いすねもなくなるぞ」

「安定って、いいことばかりじゃないかもね」

響子が思いがけないことをつぶやいた。響子も組合員で、政治や社会の問題にも関心はある。若者の不安定な雇用にはいつも腹を立てていた。

「長時間労働とか成果主義とか、正社員だってぎりぎりのところで働いている。その、どこが安定しているというの？　安定神話にしがみついているうちに、危機と背中合わせの生き方をさせられているわけでしょ。技術が進歩すれば仕事量は少なくなるし、働く人も少しですむようになる。みんなが量的にも時間的にも、むかしのようにめいっぱい働くことはなくなるんじゃない？」

「それで？」

「不安定な暮らしをしている人は、それを望んだわけじゃないんだし、道をかえようとしてもできないんだから、時間が短くても仕事量が少なくても、どんな働き方であっても暮らせるようにすべきだってこと。だって、そんな人は必ず出るんだから」

修平はとつぜん、息子たちはどこでどんな働き方をするのだろう、と思った。大学進学までは心配もしたが、そこで肩の荷が下りたような気がしたのはたしかだ。ひとりは文学部、ひとりは農学部、そのさきをめざして、アメリカと北海道に渡った。多少の援助はしているが、大半は自分で稼いでいる。自立も近いはずだ。

「きみは、あのふたりが将来どんな仕事をするか、考えたことあるかい？」

「将来っていつ？　もう将来よ。あたし、好きな仕事なら多少いやなことがあってもがんばれる、とずっと思っていたの。でもいまは、多少ではすまなくなっているわけでしょ。心身ともに病んだり、過労死や過労自殺まで起こっているのよ。その人たちだって、希望した仕事についていたのかもしれない。だから、あの子たちがどんなふうに働くのか、見当もつかないし助言もできないわ」

「そうだなあ。なにを勉強しても、最後はそれを生かすために働くことになる。その労働形態が想像もつかなくなってきた。問題にぶつかるたびに、自分で解決していくしかないわけか。うちの新採のようなケースはめずらしいかもしれないな」

　修平は箸を止め、健太の水着の顚末を話してきかせた。

「それでご機嫌だったのね。たしかにすてきなお嬢さんみたいね。学級の雰囲気もいいの？　いまは、言ったもん勝ちみたいな苦情も多いからね。そういうまっすぐでない保護者に出会わなければいいけど」

　修平は、青子が水着に添えて健太に渡した手紙を思いだした。

――いつも、ご協力ありがとうございます。きょうは天気がよくて楽しいプールでした。健太さんが見学していたので、話をしましたところ、まだ水着を買っていないと言いました。これは、田口先生が水着を忘れたときのために用意してくださっているものです。おふるでもうしわけありませんが、ご都合つくまで、よろしかったら使ってください。――

この手紙を書けるようなら、問題が起こるとは思えない。男子もさん付けで呼ぶように、指導主事から言われているそうだ。

「親だって、感情を抑えられなくなることはあるのよ。若い先生だとなにかと言われやすいし、気をつけてあげなくちゃ」

「そうだな」

修平は持ち帰り仕事が終わると、寝酒を飲むことがある。風呂から上がって台所に行った。

「きのうの笹かまは？」

「冷蔵庫の二段目」

響子はテーブルでノートパソコンに見入っていた。身体計測の結果を集約するのにエクセルという機能が便利とかで、修平より早くパソコンを使うようになった。

修平は笹かまぼこを出し、ウィスキーの水割りをつくった。

「ね、あなたのところ、計測すんだ？」

「いや、一年生はまだだ。どうかしたのか」

「体重の減っている子どもが例年より多くなってるの。おとなの夏やせはあるけど、子どもにはないのが普通よ。子どもの体は毎日育っているから、体重がかわらなかったとしたら、やせているのとおなじなのよ。それなのに、一キロも減っている子どもがどの学年にも複数いる。虫歯の治療をしていない子どもも多い。夏休み、どんなふうに暮らしていたのかしら」

学校では学期ごとに身体計測をする。響子のいう体重減は四月時点との比較である。歯科検診は五月で、虫歯など治療を要する場合は個別に知らせてある。治療がすむと医者が治癒証明書を出すことになっていて、夏休み明けにはそれが集まってくる。

「ちゃんと食べられなかったということか。せめて給食があればなあ。食べることもままならない状態では、治療や勉強どころじゃないだろ。元気じゃないと感情も湧かないよ」

「始業式のとき倒れる子どもがいるでしょ？　たいていは瞬間的な脳貧血だけど、空腹が原因じゃないかと思われる子どももいたの。そのときはたまたまクッキーがあったから、それを食べさせたんだけど。きっと、思っている以上に貧困家庭が増えていると思うわ。生活の格差は健康の格差につながるの。それは子どもだけじゃなくて、お年寄りにもいえる。弱い立場の人ほど、早く深く傷つくのよ。こんどの職員会議で報告するんだけど、聞くだけで終わるようでは困るなあ。うちだけではないと思うんだけど」

響子はときどき頭を掻きながら、集計した結果に考察をつけていた。

修平は学級の子どもたちを思い浮かべた。目に見えてやせた子どもはいないように思えた。けれども、計測してみなければわからないことだ。

各学年に複数いるとなると、全体でゆうに十人は超えるだろう。全児童の三パーセントほどだ。しかし体重には表れなくても、健太のような困っている家庭もあるにちがいない。子どもの六人にひとりは貧困、ニュースで耳にするフレーズが脳裡に浮かんだ。

（三）

あくる日、いつもの通勤路を歩きながら、修平はつぎの予定に思いをめぐらしていた。運動会は一学期に終わっているが、二学期には展覧会がある。その準備もそろそろはじめなければならない。一年生の図工の授業は、図工専科ではなく担任がするので、まず自分たちがやってみてから指導する。

さらに初任者には、初任者研修の一環としての研究授業が義務づけられていて、青子の授業する日が近づいていた。青子は国語の文学教材をやることにしている。授業計画を立てるときは指導主事が助言するので、それは学習指導要領に即し、指導書に沿うものだ。しかし授業の準備は、じっさいには青子と修平で進めるしかない。はじめに修平が青子の指導案どおりに授業し、青子がそれを見て指導案をねりなおす。修平はその教材をべつの方法でやりたいのだが、青子を成功させるためにあきらめた。

新規採用者の一年目は仮採用も同然で、さまざまな課題に好ましい結果を出せなければ、本採用にはならない。じじつここ数年は、新規採用者の一パーセントほどが依願退職している。その理由には不採用もあり、ほかのかなり深刻なものもある。数にすればゆうに三百人をこえる。二十年くらいまえまでは、率も〇・二パーセント台で数も四十人前後であった。

そんな彼らにとって、研究授業はもっとも重要な課題であった。指導主事と他校の初任者がなにをさておいても参観にくる。授業後の協議会では、初任者もひとりずつ意見を述べなければならない。その発言の仕方も細かく指導されているという。修平は指導教官として授業も参観し、協議会にも出ることになる。当日のことを考えると、マネージャーのような自分の姿が浮かんできて気がめいる。

いつものように教室で子どもを迎えていると、ふいに校長が入ってきた。

「田口先生、小教研から戻られたら、高梨先生といっしょに校長室まで来てください」

校長は笑顔であった。修平より若い。

「かまいませんが、よくない話じゃないでしょうね」

「いや、それは……まあ、そのとき話しますよ」

校長は廊下に出ると、一組と二組の掲示物を眺めて踵を返した。掲示物はどちらも夏休みの絵日記である。宿題に出したものだから、できばえに大きな開きはない。修平はすぐ二組に向かった。

「校長さんから聞いた？　ぼくは小教研には行かないから、戻ったら声かけて。身体計測が終わったらすぐ給食の用意をして、さきに食べちゃいなよ。このまえみたいに、夕方まで食べられないんじゃ、体に悪いよ」

修平は不安顔の青子を励まして教室に戻った。なにか不備を指摘されるおぼえはない。

公立小学校は月に一度、全市で午後の授業のない日をそろえ、いっせいに研究会をもつことになっているものの、全教職員が教科や専門の部会に在籍している。修平は国語部会に入っているが、授業の方法が部会でやっているのとはことなるので、積極的には出席していない。きょうはたまった事務を片づけるつもりだ。

夕方、青子が帰校したのでふたりで校長室に向かった。

「ああ、ごくろうさま」

校長はおだやかな表情で迎えた。

「二組の保護者から電話がありましてね、鈴木健太くんのことで」

修平はなかば安堵した。それなら苦情のはずはない。しかしそれなら、教室の立ち話ですんだことだ。

保護者からの電話は、青子が健太をひいきして、ほかの子どもに隠れてものをやっているという内容だった。

「ああ、あの水着でしたらやったのではなく、貸したのです。知り合いがもう処分すると言ったもんで、それをぼくがもらって、健太くんに貸したわけです。きのう、洗って返してくれましたよ」

修平は少し嘘をついた。水着はぐうぜん入手したのではなく、いっしょに組合の執行委員をしている女性教員に相談して都合がついたのだ。それに来年のこともあるから、自分としてはやったつもりだった。

青子はじっとうつむいていた。修平の言うことに相槌も打たない。

「高梨先生、それだけですか？　ノートもやったんじゃないですか」

「はい、算数と国語のノートをあげました。ノートを忘れた子どもにはB５判の紙を用意しているのですが、二学期になってから健太くんが毎日忘れるようになって、それで、わたしが買って、健太くんにあげました」

修平はノートのことは聞いていなかった。けれども、そうせずにはいられなかった青子の気持ちはわかった。

「校長先生、それは悪いことじゃないですよね。ノートを買ってもらえないほど困っている子どもがいて、それに気づいた担任が、自分のできることを思いついてやっただけでしょう。なにも気づかなかったら、そのほうが教育者として問題ではないですか。いま、子どもの六人にひとりが貧困だって、テレビでもやってますからね」

「いや、悪いというんじゃなくて、特定の子どもにだけ特別なことをしてやるというのがねえ。いまは保護者も敏感だから、平等ということに。そういう子どもは健太くんのほかにはいないんだね」

「はい、おりません」

「しかしですよ、子どもはみんな特定でしょ、おなじ人間なんかいないわけですから。そもそも教育って、ひとりひとりの子どもが必要とする指導をすることだから、どれも特定ではないですか？　それが文科省のいう、個に応じた指導ではないかと思うんですが……その保護者には、校長先生からうまく話していただけませんか。若い高梨先生が説明しても納得してもらえるかどうか。でも校長先生の言葉なら、ちゃんと聞いてくれると思うんですよ。ひいきなんかではないのですから」

「まあ、それがわたしの仕事ですからね」

校長はその保護者に電話すると言った。

ふたりは礼を言って校長室を出た。歩きながら青子は、ノートの件を報告しなかったことをあやまった。

「気にしなくていいよ。健太くんは嬉しくてだれかに話した。聞いた友だちはうらやましかった。ほほえましい話だよ。ところで、校長さんの言った平等の考え方、どう思う？」

修平は、返事をにごされるかもしれないと思いながらきいてみた。

「みんながおなじ状況でなければなにもできない、ということは、けっきょく、だれにもなにもしない、ということになるんじゃないかと思いました」

「そう、まさにそのとおり。そういうのは、平等とはいわないよな」

修平はおどろいた。息つくひまもない日をおくっている青子が、こんなに的確にとらえる力を身につけていたとは。

初任者研修は外に出ていくのもたいへんだが、校内で行う研修も容易ではない。学校にはいくつもの組織があり、全員で仕事を分掌する。教務部と生活指導部のどちらか、各教科部のいずれか、という具合に、ひとりがいくつもの役を負う。組織の分類は学校の規模や考え方によってことなるが、初任者はその組織の主任たちの講話を聞いたり、教科主任の授業を見たりするのも必修項目だ。全教科の授業参観には意義もあるが、自分の担任する学年の授業とは限らないから、すぐに役立つというわけではない。初任者にすれば、いま困っていることへのヒントがほしいだろうに、そういった悩みは胸にしまいこみ、綿密に計画された研修のすべてをこなし、日誌に記録して教頭に提出する。初任者の一日は、子どもに接する時間より机に向かっている時間のほうが長いくらいだ。

そして修平も、初任者研修のために時間と労力を奪われる。青子の日誌に毎日感想を書いたり、印刷を代わったり、子どもの下校をみとどけたり、常に意識している。もともと一年生の一学期は他学年とちがい、学校生活の初歩から指導するので、いつも担任が子どものさきに立って動くことになり、給食の時間など、なにを食べたかわからないうちに終わるような忙しさだ。けれどもいまは、怒濤のようにすぎた一学期の苦労がむくわれたような気がしている。

「校長先生、電話でなんと言ってくださるでしょうか。わたしが早とちりして買ってあげたけど、ほんとうは、健太くんが学校の道具箱に入れたまま見つけられずにいた、というようなことにしてくだされればいいなあ、と思います。健太くんのおうちが貧しいというふうに、広がらなければいいんですけど」

　修平は思わず青子の横顔を見た。青子は一途なだけではなく、その一途さを生かす手だてを見つけることができる。


　教室に戻って仕事をしていると、養護教諭の萩谷七枝がやってきた。健康カードの入った箱をかかえ、手に一枚のカードを持っている。きょう身体計測をしたので、あす結果を記入したカードを持ちかえらせ、保護者の印をもらうことになっているのだ。

「これ見て。巧くんの体重が○・八キロも減ってる。麻紀ちゃんはもっと減ってるの。巧くんに変わったところはない？」

　修平は渡された巧の健康カードを見た。たしかに言われただけの体重が減っている。修平も計測の補助をしていたのに気づかなかった。

　小島巧には五年生になる姉がいる。修平は担当する卓球クラブで麻紀をみているが、二学期はまだ一度しか会っていない。活発な子どもで人に弱みを見せない。そのせいか負け惜しみを言い、女子のあいだで外れることもある。担任が気にかけているひとりだ。

「夏休みは給食がないから、食生活に家庭の経済状態がそのまま影響するのよね。ちゃんと食べられていたのかなあ」

「二組の鈴木健太くんはどうだった？」

「あの子はだいじょうぶ。一年生で気になるのは巧くんだけ。でも全校では十人以上いるの。いっきょに増えた感じね。こんどの職員会議で計測のまとめを報告するんだけど、なにか対策を講じなくていいかしら」

「そういえば、うちのもおなじようなことを言っていたよ。ね、子ども食堂が市内にもきっとあるよね。連絡先を調べられないかなあ。それを職員会議で知らせたらどう？」

七枝は少ない組合員のひとりであり、妻の響子とはおなじ職種なので顔見知りであった。それで、きがねのない言葉が口をついて出る。

「それはあたしも考えたわ。でも、それを保護者にどうやって知らせるかが問題よ」

修平は七枝の危惧するところがわかった。しかし、放ってはおけない。

「とにかく、やってみようよ。どう使うかは、そのあとの問題さ。そんなのが身近にあることも知らないかもしれないし。ぼくは市教委交渉のときに、そういった情報を全家庭に知らせるように言ってみる。できないはずはないんだから」

「でも、運営委員会に出したらはねられるかもね。いいわ、それには触れずに集計結果だけ口頭で報告しとく」

七枝は連絡先の一覧表をつくると言った。

職員会議のまえには運営委員会を開いて議題を確認することになっている。管理職のほかに、各部会の主任と大きな行事の責任者が出席する。七枝は保健主任として出るのだが、いつもいやがっている。会の位置づけがあいまいで、出席者はそこで議題のなかみを承認したような形になり、職員会議での発言がしにくくなる。それならなぜ、運営委員会で言わなかったのか、と批判もされる。運営委員会になにを出すかについては駆け引きのような面がある。

職員会議の日になった。展覧会や学校公開、避難訓練などについて話し合ったあと、七枝が身体計測のまとめに一覧表をつけて報告した。それには、いつどこに行ってどうすればよいのか、なども書かれていた。七枝はその表については「よかったら参考にしてください」としか言わなかった。しかし、意見はすぐに出た。

「これをどう参考にしたらいいのですか？　特定の子どもに知らせるのか、平等に全員に知らせるのか、なかみよりむしろ対応のほうがむずかしいと思いますが」

「これは学校の仕事ではなくて、児童民生委員さんとか、役所のほうでやることですよね。子どもに配るとなれば、準備するのは生活指導部ですか、保健部ですか」

「経済的に困っているような子どもはたしかにみられます。でも、生活がたいへんそうだからここに行ったらどうですか、というふうに伝わるかもしれないと思うと、そのほうが心配です」

「虐待というのなら通報の義務があります。でも、体重が減っているからといって、立ち入ったことをすれば、立腹する保護者もいると思います。もちろん、萩谷先生は心配して提案されているわけですけど、わたしたちがそのつもりで伝えても、まっすぐにはうけとめてくれない保護者もいるのが現状です」

「たしかに虐待と同列に考えることではないと思います。でも、これだけ問題になっている子どもの貧困に対して、その心配があるかもしれないと知りながら、学校がなにもしないというのも、どうかと思います。もし、あってはならないような事態につながったとしたら、それこそ責任が問われるのではないでしょうか」

「いや、やはり学校が口を出せる範囲をこえていると思います。学校は、規則正しい生活をしましょう、とはいえても、生活の中まで踏みこむのはいきすぎです。たしかにむかしは、健康教育の一環として、起床や就寝の時間、排便の有無まで調査したこともありますよ。もちろん保護者も理解して協力してくれたわけで、それなりの成果はあったと思います。でも、正直に答えているとは限らないし、プライバシーの侵害ではないかということになってやめたわけです。いまはもっと、プライバシーに敏感ですからね」

そういった意見がつづいた。いつもならそうそうにまとめたがる教頭も、椅子の背もたれに体をあずけて聞いている。校長はときどき校庭に視線を投げるが、話は聞いているようだ。

だれもが、できるものならしてやりたい、と思っている。けれども、そのあとに生じるさまざまな事態を想像して躊躇している。学校の困難はそこにある。平等、責任、義務、プライバシー、発言に出てきた言葉のうけとめ方が、急激に変わってきているのはたしかだ。それは学校の役割を揺さぶり、学校の形さえ変えるかもしれない。その変化の中に未来につながる新しさはあるか。

「わたしにも名案はありません。でも大切なことだと思うので、対応の仕方についてはまず、個別に校長先生に相談にのっていただくようにしたらどうでしょうか。そこでよい方法が見つかれば、みんなで取り組めると思いますので」

と、七枝が発言し、校長も了解した。すぐに行動するものはいないだろう。しかしこれで、子ども食堂の所在は周知のこととなった。

そのとき、修平はつぎの行動を決めていた。巧の母親に会ってすすめることだ。だれかが口火を切らなければならない。健太のことが上首尾にいったので、修平は力を得ていた。

巧のところは母子家庭だ。プライバシーに踏みこまないという理由で、児童連絡票に親の年齢や職業を書く欄もなくなった。暮らしぶりがわからないから、電話をかける時間にも迷う。母親は保護者会も入学時に来ただけで、一週間ある学校公開でも授業を少し見てすぐに帰ってしまった。かなり忙しいようだった。

あくる日の六時ごろ、修平は母親に電話した。連絡先は携帯電話になっている。この時間なら仕事も終わっているかもしれないし、巧の健康カードも数日まえに見ているはずだ。ふつうのあいさつをして本題に入った。じゅうぶんに考えた言葉で話した。

「巧くんがちょっと元気がないように見えることがあるもんで、おうちではどうかなあと思ってお電話したんですよ。お忙しいところ、もうしわけないですね」

「え、どんなときですか。うちでは変わったことはありませんが」

声がはね返ってきた。ちょうど仕事が終わったところだという。

修平は巧が楽しくすごしているようすを伝え、心配なことを深刻にならずに話した。母親の声から少しずつかたさが消え、会うことを承知した。そして恐縮しながら、このあと六時半に駅まえの喫茶店で会いたいと言った。それからつぎの仕事に行くのだという。修平はふと、夕飯のしたくはどうするのだろうと思ったが了解した。

仕事帰りの母親と駅まえで落ち合った。自転車に乗ってきた母親は、むぞうさに髪を束ねていた。三十代後半だろうか。修平が夕飯のしたくがおくれることを詫びると、母親は、娘がしている、と言った。それは麻紀のことだ。あの子ならやれる。

「麻紀ちゃん、しっかりしているからなあ。ぼく、卓球クラブでいっしょなんですよ」

母親の表情が少しゆるんだ。

喫茶店で向き合うと話が進まなくなった。母親のまわりを透明の壁がおおっている。励ましなどいらないといった構えだ。その取り付く島のなさを、巧も麻紀も感じながら暮らしている。

修平は、電話で母親が言った仕事のことを話題に上せた。母親はぽつりぽつりと話した。昼間は弁当屋で働き、夜は病院の掃除をしていた。文字どおり、朝から晩まで働いている。そのうえ、土日の仕事も進んで引き受けるという。そのほうが時給が高いからだ。こんな暮らしぶりは児童連絡票からは見えてこない。

「がんばってますねえ……どうしてこんな世の中になっちゃったかなあ。子どもを育てる母親がそんなに働かなければならないのはおかしいですよ。国がもっと考えるべきなんだ。だって、子育ては未来をつくる仕事なんですから」

母親はうなずきながら聞いていた。修平はうちとけてくれたような気がして、ついでとでもいうようにあの表を見せた。母親は手にとって読みはじめた。

「そういうのがあるそうなんですよ。子ども食堂って書いてあるけど、お年寄りや子どもや、いろんな人が利用しているらしいんです。土日も仕事をされているから、巧くんと麻紀ちゃんだけで食事することになるし、それならこんなところを……」

言い終わらないうちに、母親はその表をもみくちゃにした。

「巧の体重が減ったから、食べさせていないと思ったんですか」

母親は声を震わせた。そしてバッグの中を掻き回し、財布から五百円玉を出してテーブルに置いた。

「すみません、そんなつもりでは……」

「もういいです」

母親は言い捨てて席を立った。こぶしの中から、しわの寄った紙がはみ出している。うしろ姿がすべてを拒絶していた。修平はなす術もなく、テーブルの上の五百円玉を見つめた。

母親がそれを置いたときの音が、頭の中でくり返し響く。

眠れない夜をやりすごして、修平はいつもの時間に出勤した。早く巧のようすを知りたかった。母親は怒りを子どもに向けたかもしれない。それは暴力をともなうかもしれないし、登校させないという事態も考えられなくはない。脳裡に浮かぶあれやこれやを払拭しながら、平静をよそおって子どもを迎えていたが、巧が教室に入ってくるとかけよらずにはいられなかった。

「巧くん、おはよう」

巧は目を合わせずにあいさつした。修平はすばやく手足を見た。いつもと変わらなかった。

「お母さん、なにか言ったかい？」

「先生になにも話しちゃいけないって」

「ごめんね。それはみんな先生が悪いんだ。先生がお母さんにいやな思いをさせてしまったんだ。許してくれるかい？」

巧は小さくうなずいた。けれども、それは納得したからではない。おとなと対立できるような年齢ではないというだけのことだ。これ以上話しかければ、こんどは巧を追いつめることになる。修平は巧の頭をそっとなでて離れた。

それから、急いで五年生の教室へ向かった。麻紀のことも気になっていた。廊下で待っていると、麻紀が友だちと笑いながら階段を上ってきた。修平の姿を認めて一瞬だけ止まったが、また笑いだした。修平はあいさつをして麻紀を廊下の隅に連れていった。麻紀はずっと目を伏せていた。全身から棘がつき出ている。

「きのう、先生がお母さんを怒らせてしまったんだ。悪かったと思ってる。麻紀ちゃんもなにか言われたかい？」

「べつに。ママが壊れるのはいつものことだもん」

麻紀はそう言うと、おとなのような目をして教室に入った。修平は大きく深呼吸した。自分の中で崩れようとしているものがある。奥歯をかみしめながら、きょうのうちに麻紀の担任にも話しておこうと思った。

下校時間になったとき、修平は巧に手紙を渡した。けさ出勤してすぐ書いたものだ。ゆうべはそれもできなかった。おなじ土俵で話せる見通しはないが、きちんと陳謝しておきたかった。しかし、どの言葉が怒りの引き金になるのかわからない。多くを並べないほうがいいと考え、薄氷を踏むようなこころもちで短い手紙を書いた。

——昨日は、もうしわけないことをしました。深く考えもせず、よいことだと思ってしまったのでした。その結果、小島さんを傷つけてしまい、ほんとうにもうしわけなく思っています。すみませんでした。——

巧はランドセルの中にそれをしまった。

午後の会議がはじまるまえ、時間は十五分もとれないが、麻紀の担任にきのうのことを話しにいった。まだ二十代の青年だ。いつもてきぱきと仕事をこなしている。修平は母親の仕事の厳しさを伝え、自分の対応の不手際を打ち明けた。彼はうなずいていたが、親身になっているようには見えなかった。修平が去ろうとしたとき、やっと口を開いた。

「わざわざ知らせてくださって、ありがとうございます。気をつけて見るようにします。たいへんですよねえ」

だれがたいへんだというのだろうか。母親か修平か。あいまいにしてはならない感想だと思いながら、問いただす気力はなかった。

その日、母親からの反応はなにもなかった。夕方まで電話を待っていたが、かかってこなかった。きょうもかけもちで働いているのなら、手紙を手にするのは夜になるだろう。修平はそう考えて帰途についた。

校門を出たとき空を見た。月は出ていなかった。秋の風が頬をなでていった。

「遅かったわねえ、疲れた顔して。あと一日でお休みよ、がんばれ」

響子のいつもの声を聞いて、少し気がゆるんだ。響子にはなにも話していない。話せないでいる。

響子が眠ってから、修平は起きだしてウィスキーの水割りをつくった。ついていないテレビの画面に目を置いた。

母親の表情がフラッシュのように点滅する。

――巧の体重が減ったから、食べさせていないと思ったんですか――

母親は巧の健康カードをちゃんと見ていた。そして体重が減っているのを知った。ばくぜんと感じていた不安が数字になって表れた。そこに修平からの電話がきたのだ。麻紀が言ったように、母親が激情にかられることがたびたびあったとしたら、きっかけは日常のささいなことであろう。その揺れ幅は、子どもがうけとめるには大きすぎる。修平の目はそこまでとどいていなかった。貧困をひとくくりにして見ていたのだ。それはなにも見ていないのとおなじだ。

保護者とのあいだにこんな軋轢が生じたことはなかった。先進の機器を使いこなせないなど、時代おくれのところはあるが、少なくとも保護者との信頼関係をつくることでは自負を持っていた。保護者会ではいかにも教員らしい言葉づかいはせず、決まりきった話題で終わらせず、子どものようすを具体的に語ってきた。保護者会が苦であったことは一度もない。しかし、いまの状態は初任者の青子にもおよばない。健太の母親と巧の母親をくらべたところで言いわけにすぎない。これでは指導教官とはいえない。ふっと自嘲の笑いが浮かんだ。

修平はふた口つづけてウィスキーを飲んだ。液体がのどを焼きながら下りていく。焦燥感を流しこんでいるようだ。まいっているのはそれだけではなかったのだ。これまで意に介さなかったことを気に病んでいる。巧の母親が校長や教育委員会に電話するのではないか。そんな事例はよくある。いままで自分の身に起きなかったというだけだ。しかしほかのことはともかく、保護者対応で苦情がくるようなら、これまで修平が口にしてきたことも不審の対象になる。似たようなことで苦慮する同僚を励ましてきた言葉が、自分が相手となったらなんの役にも立たない。

「よく言うよってか」

と、修平はひとりごちた。

あの日、国会議事堂まえに集まった日、居酒屋でだれかが言ったひと言が重く響いた。なんと暢気な自負であったか。こんなに脆く壊れる。

その場に沈みこみそうな体を起こして、修平はベッドに戻った。

あくる日も、巧の母親はなにも言ってこなかった。校長や教育委員会からも言ってこない。母親は電話をしなかったのかもしれない。しかし、そんなことはもうどうでもよかった。修平は凪のような時間の底に、母親の張りつめた心だけを感じていた。

修平はきのうの朝以来、巧にとくべつ話しかけたりはしていない。巧のようすには変化は見られない。けれども、麻紀のことは気になっていた。巧より鋭く感じているのはたしかだ。そのあとのようすを聞くため、放課後、教室に担任をたずねた。

「あの子は本心を見せませんから、表面的には変わったことはありません。我慢しているというより、甘え方を知らないという感じですね。かわいそうだとは思いますけど、学校がどこまでできるかというと、きほん、家庭の問題ですから限界がありますね。ぼくの言うことなんか、聞いてもらえるとは思えないですし。学校で起こった問題に対処するだけでくたくたです。たかが五年生、されど五年生というところです」

と、彼は言った。

思春期の子どもが四十人もいたら、学校でも外でも問題は起こる。それはつながっているから切り離せはしないのだが、時間がないから、学校で起こったことで手いっぱいなのだろう。そのことが言いわけをつくらせた。彼もフォローアップ研修を受けている。そのぶん時間を奪われている。

週が明けて月曜日になった。修平は休みのうちに学校に行き、展覧会に出す作品を試作した。青子の研究授業が目前に迫っているのでひとりでやった。研究授業がすんだら、青子の意見をきいてみるつもりだ。

いつものように授業が終わった。子どもたちを下校させてしばらくすると、巧が教室に戻ってきた。なにか言いたそうにしている。

「どうした？」

「土曜日に子ども食堂に行った。お姉ちゃんが連れていってくれた」

「そうか、で、なにが出た？」

「から揚げと、味噌汁と、サラダと、ごはん」

「おいしかったかい？」

「うん。から揚げだい好き」

「よかったなあ、先生も食べたかったよ」

巧はにっこり笑って昇降口のほうへ行った。とちゅうでふりかえり、小さく手を振った。

修平は、麻紀と巧が子ども食堂に向かう場面を想像した。麻紀なら場所をたずねて行くくらいのことはできる。母親はあの紙を捨てなかったのだ。

修平が立ち上がって吐息したとき、青子が教室からあわただしく出てきた。

「田口先生、きょう初任者研修の日なんですけど、教室にまだ残っていて」

「いいよ、いいよ、ちゃんと帰すから。心配しないで早く行きな」

「すみません、おねがいします」

青子は廊下を小走りに急いだ。

「あ、廊下を走っちゃいけないんだあ」

「ごめん、緊急事態なの」

中学年の男子が揶揄するように言うと、青子は競歩選手のような格好で言い返した。修平は声を立てて笑った。

この日、修平はひさしぶりに軽い足どりで帰宅した。靴を脱いでいると、響子の声が聞こえてきた。電話をしているようだ。

「……お義姉さんを困らせちゃだめじゃない。あたしとはちがうんだからね。そんなこと言って……また連休に行くからね。元気でいてよ。きっと行くから」

電話を切った響子は、さっと目がしらを拭った。

「お義母さん？」

「そう。またお義姉さんといろいろあったんだって。きっと、お母さんがわがままを言ったと思うわ。体が思うように動かないから、じれったいのよね。それをわかってあげなくちゃいけないいんだろうけど、お義姉さんにだって事情があるんだし……どうしてわからないのかなあ」

「また、つぎの連休に行ってきたら？」

「うん、そのつもり。すぐ夕飯のしたくするわね」

響子はエプロンをつけながら言った。夕飯はすぐ整った。

「じつを言うと、ここのところちょっとまいっていたんだ」

修平はめずらしく晩酌しながら一連のことを話した。口にしてみると、ずいぶんまえのことのような気がする。

響子はうなずきながら聞いていたが、箸を休めずに言った。

「それで疲れた顔してたんだ。でも、よかったじゃない」

「まあね」

なにがどうよかったのか、もう少し聞きたかったが、響子の関心はべつのところに移っているようだった。母親のことを考えているのだろう。

「きょうは三日月が出ていたよ」

「そう、よかったじゃない」

と、響子はまた言った。

# 二章　秋の辻

## （一）

九月も終わりに近い晴れた日である。

中野文枝は窓外に視線を投げ、バス通りの町並みをぼんやりと眺めていた。朝の空は青く澄み、濾過されたような陽射しはすっかり秋のそれになっている。ふと、石川啄木の「飛行機」という詩が脳裡に浮かんだ。給仕づとめの少年が疲れた眼で見上げたのもこんな蒼空であったかもしれない。そう思うと、あの日、居酒屋で額に入ったこの詩を見つけたときの、あまずっぱい感動がよみがえってきた。

いまの学校に赴任してからずっと、通勤の車中で一日の予定を確認するのが日課であった。あれやこれやの行動をめぐらし、校内に足を踏みいれたら無駄なく行動する。そして終日アンテナを張っている。本務とは関係のない事務が増えつづけ、効率的に仕事をするためにはこの時間が欠かせなかった。

けれども、九月十九日に旧友と再会していらい、あの日の感慨と青春の残影が通勤時間に顔を出すようになった。そのたびに文枝は、過去と現在のあいだを振り子のように行き来する。学生時代に気持ちが向くのは郷愁のせいばかりではない。羅針盤のように文枝を見据えて離れないのだ。

いつものバス停で降車し、青空を見上げた。飛行機は飛んでいなかった。きょうは月曜日だと思うと、思わず息も深くなる。なにかが起こりそうな、起こっても不思議はないというような、暗雲が広がってくる。小さな決意を結んで歩きだした。

文枝が案じているのは根岸大志の学級のことであった。大志はことしの四月に採用されたばかりの青年で、となりの四年二組を担任している。この学級はものおじしない活発な子どもが多く、集団として掌握するのはむずかしい面がある。それに、保護者にも要求をはっきりと口に出す人が多い。三年のときの担任は三十代の女性であったが、子どもとも保護者ともすれちがうことが増え、自信をなくして異動していった。彼女の苦悩を思うと、転勤は妥当な選択であったろう。

年度末の担任発表のまえに校長室に呼ばれ、彼女のあとに新規採用者を入れると告げられたとき、文枝は強く反対した。経験十年の彼女でさえむずかしかったのだから、初任者ではじめから不利である。おなじことでも、経験をつんだ教員の言うほうが説得力があるのは否めない。

　学校には見習い期間のようなものはない。新規採用者といえども四月から学級を担任する。文枝が若かったころは、教職員にも保護者にも、若い教員を育てようという気風があった。けれどもいまは、そういった雰囲気は薄らいでいる。そのうえ、むかしとは比較にならないほどの初任者研修がついてまわる。なにをとってみても、新規採用者に適した人事とは思えなかった。

　そのときのことがフラッシュバックする。校長はまえの担任が異動した理由はじゅうぶんわかっていると言ったあと、それを生かさない判断をした。

「……ですからそこは、中野先生のお力を貸していただいてなんとか。いまは一年目が山場ですから、そこを乗りきればだいじょうぶなんですよ。難関を突破して採用されたわけですから、ほんらい力はあるはずで、それを指導教官としてうまく引きだしてくださればいいんですよ」

「つまり、その新採さんが育たなかったら、私の指導力不足というわけですか。指導教官はだれかがやらなければならないことですから引き受けますが、新規採用者の指導の責任が校長先生にあることは、確認していただけますね」

「もちろん。すべての責任が校長にあることは自明のことです。それから、学年主任もおねがいしますよ。なにしろ、二学級しかないんですから」

と、校長は椅子の背にもたれて言った。

文枝は校長の慇懃無礼な態度に腹が立ち、責任という言葉を使って応酬してしまった。それまでの不満がいっきにあふれ出たのだ。いつも言葉数多く話すが、都合のよいものだけを並べてうまく自分の土俵に持ちこみ、けっきょく責任を回避する。若い教員が指導を求めてきても具体的な助言はせず、ただマニュアルを復唱するだけだ。教育は即興で成り立つものであるのに、それは思いつかないらしい。校長室を出るとき、文枝はけっして校長の力は借りるまいと意固地になっていた。

一学期はなんとか乗りきった。大志は明るくてこだわりがなく、学生時代はサッカーをやっていたこともあって、活発な男子に人気があった。まえの担任が指導に苦労していた子どもたちだったので、好調な出発といえた。四月は保健にかんする諸検査や遠足、四年生から参加するクラブ活動の所属調整などがあり、五月は運動会、六月からは水泳指導と、学年単位で行動する場面が多かったからか、表面的には気になるほどのことはなかった。給食や掃除といった、授業より指導のむずかしいことも、目立つおくれもなく終わらせることができていた。子どもたちにも三年間の学校生活で身についた力があるので、一年生の一学期ほどの混乱はない。

ところが二学期になると、ほころびが見えはじめた。職員室での打ち合わせがすんで教室に向かうとちゅう、廊下で四年二組の子どもを見かけるようになった。どの学級も朝自習をしている時間だ。はじめは教員の姿を認めると急いで教室に戻ったが、しだいに平気なそぶりを示すようになった。大志が注意しても改めようとせず、押しこむように教室にいれることもあった。それから授業ちゅうも騒がしくなった。

先週末、授業のとちゅうで不自然な声が気になり、廊下に出てそっと二組の戸を開けてみると、大志は教卓で個別指導をしていて、順番を待つ数人の子どもがまわりを囲んでいた。けれども、ほかの多くの子どもは好き勝手なことをしている。消しゴムでゲームをしたり、だれかのなにかをパスし合ったり、まるで休み時間のようであった。

「みんな、ちょっと静かにして。根岸先生にお話があるのよ。いまはなにをする時間なの？」

「さんすう」

「じゃ、席に着いてちゃんとやりましょう」

「ほらほら、ちゃんと座って、中野先生、なにか」

大志は着席を強要もせず確認もせず、文枝のほうに来た。文枝はさらにそのことにおどろいた。担任が子どもの中にうもれている。

「先生がいらっしゃらないのかと思って」

「ああ、います」

文枝はまじまじと大志の顔を見た。

「きょうは初任者研修の日だったわね。おくれないように出かけてね」

文枝はどうでもよいことを口にし、大志はそれに疑問も感じないようすで礼を述べた。文枝の胸にはっきりと不安がめばえた。

その日、大志は夕方になっても戻らなかった。初任者研修の一環である研究授業が迫っているので、指導主事の指導を受けているのだろう。大志は体育で研究授業をやる予定でいるが、文枝は苦手な教科という意識もあって、内容についての助言はほとんどしてこなかった。しかし担任の指示が通らないようでは、どんな授業もうまくいかない。見通しが立たないまま、文枝は大志を待たずに退勤した。そして、週明けのきょうになった。

文枝が出勤札を裏返して着替えにいくと、更衣室のとなりにある給食調理室に調理員の姿が見えた。白衣にゴムの長靴をはき、頭はすっぽりと帽子でおおっている。彼女は公務員ではなく民間の会社員だ。正社員なのか派遣社員なのかはわからない。市内の学校給食はすべて民間に委託されているが、給食センターでまとめて調理したものを運んでくるのではなく、これまでの設備を活用して校内でつくっている。かつての自校方式とはことなるものの、調理の気配を感じられるのは教育的なことであろう。彼女がふりむいたので目が合った。会えばあいさつし合うあいだがらである。

「おはようございます。きょうも給食が楽しみだわ」

「あ、おはようございます……中野先生、ちょっといいですか。わたしなんかがこんなこと言うのはなんなんですけど、四年二組のワゴンの返し方が気になっていて……」

彼女は戸のぎりぎりまで出てきて声をかけた。調理員は衛生上の理由から、調理のとちゅうで外に出ることはしない。彼女は遠慮がちに話しだした。

給食にはいくつかの決まりごとがある。なかでも食器などを返却するときは、そのまま調理員の仕事の手順にかかわるので、どの学級もおなじやり方をしている。給食の準備ができると調理員が三段になったワゴンに積むのだが、牛乳や汁ものは下段、主食や副食は中段、食器やお盆などは上段と決まっている。子どもが運んだり取りだしたりするときの安全のためだ。だから返却のさいもおなじように積むことになっている。そのうえで箸やスプーンは向きをそろえ、食器は種類べつにかさね、お盆には食べものが残らないようにしておく。

彼女によると、大志の学級ではその約束ごとがことごとく守られていないという。食器やスプーンやお盆にも食べかすがついたままで、ワゴンにもむぞうさに積んである。運んでいるうちに食罐ごと落としたことも一度や二度ではないという。毎日残菜が多く、それも野菜類は半分をこえる。パンはかじって放りだしたとしか思われない。

文枝は聞きながら、あり得るかもしれないと思った。先日目にした授業のようすが、あのときだけに限られているとは思えなかった。

「それって、いつごろからですか」

「一学期はそれほどじゃなかったんです。新採さんだとわかっていましたから、気にしていなかったんですけど、二学期になってから目立つようになって。だんだんよくなるはずなのに反対だから、みんながどうしたんだろうって……」

彼女は少し上目づかいになった。調理員のあいだで困った学級だと思われているのだろう。大志に直接言わないのは、言っても埒が明かないと感じているからかもしれない。

「いろいろお手数かけてごめんなさいね。根岸先生と話してみますね。知らせてくださってありがとう」

文枝は礼を述べて更衣室に入った。

ふつうに考えるなら、時間がたてば学級は安定してくる。しかし、それが年ごとにむずかしくなっている。経験を積んだ教員もおなじである。新規採用の大志に余裕がなくて給食まで目がとどかないのか、それとも、そんな必要を感じていないのか、先日の授業のようすからみると判断がつかない。前者の理由なら改善の方法はある。しかし後者なら、方法という次元の問題ではない。

文枝はロッカーを開けながら吐息した。この一事が、奥深い問題をはらんでいるような気がしてならない。狭い更衣室に巨大な歯車のまわる音が響いた。


その日はずっと、大志の学級のことが気になっていた。用事もないのに廊下を歩き、それとなく教室の中をうかがったり、休み時間に子どもに話しかけてみたりした。教室は雑然とはしているが、個別に話す子どもに反抗的なそぶりやなげやりな態度は見られなかった。おそらく、集団になったときに易きにつく流れが生じ、歯止めをかけられなくなるのだろう。それを指導するのは教員だが、その肝心のところに不安がつのる。

給食の片づけをするとき、二組のワゴンの状態を見にいった。調理員の言ったとおり、学校の約束事はなに一つ守られていない。食べているときのようすが見えてくる。もう四年生だから、と安心していたのがまちがいだった。

「のせ方がちがっているわよ」

文枝は二組の子どもに指図して直させた。スプーンの向きをそろえるのは手間がかかったが、それでもやる必要があった。大志を呼ぶことも考えたけれど、子どものまえで担任の立場を軽くするのはよくないと思い直した。

「あしたからはあなたたちが教えてあげてね。正しくのせないと危ないし、洗ってくださる調理員さんがたいへんでしょ」

子どもたちは了解したが、それをみんなに伝えるとは思えなかった。学級への帰属意識が薄くなっている。早く手を入れなければ烏合の衆になってしまうだろう。

放課後の定例会議が終わってから、文枝は大志の教室に出向いて学年会を申し入れた。勤務時間をとうにすぎていた。学年会も週に一回は組まれているが、初任者のいる学年はそれだけでは不足する。

教室に入ってみておどろいた。掃除をしたはずなのに、床には紙や給食のナプキンや雑巾などが散らばっている。落としもの係がいたはずだが活動していないようだ。机もちゃんと並んでいないし、ランドセルを置く棚も掃除道具のロッカーも整頓されていない。壁の掲示物はがびょうが外れて垂れ下がっているものもある。

　これでは人間らしい快感は育たないだろう。いごこちのよくない環境にいれば、勉強どころではなくなる。廊下に貼ってある夏休みの作品は乱れていない。見えない教室の中から崩れだしたのだ。

「研究授業の準備は進んでいると思うけれど……」

　文枝はそう切りだして、教室のようすや給食の片づけのことなど、きょう見たことを話題に上せた。大志はうつむいて聞いている。

「初任研や小教研で早く出る日が多くて、帰りの会もやれないから、落としもの係が呼びかける時間もないんです。一学期の後半からはそんな感じでした。でも、食器の返却はちゃんと指導します。調理員さんに迷惑をかけているとは気づきませんでした。すみませんでした」

「わたしにあやまらなくてもいいのよ。研修に追われてたいへんよねえ」

　文枝は同情した。たしかに初任者の忙しさは目にあまる。が、疑問もあった。よくない状態だと思っていたのなら、自分から相談したはずだ。

「でも、この環境はなんとかしなくちゃいけない。授業を早めに切り上げてでも、きれいにすべきだと思うわ」

「それは、最後の授業をけずって整頓するということですよね。週案にはどう書いたらいいんですか？　三分の一こまの学級活動になるんですか」

「なにも書かないのよ。書けばややこしくなるでしょ？　人間相手の仕事には、臨時に対応しなければならないことが出るものよ。なにか言われたら、わたしが説明するから」

と、文枝はかんでふくめるように言った。

初任者研修は現実を見ることより、学習指導要領を習得することを重視している。それはかくじつに初任者に浸透してきた。子どものそばを離れて本末転倒の指導を受ける若い教員は、仕事の喜びをどこに見出すのだろうか。

管理体制が強化され、週案簿の提出が強要されるようになった。これは一週間ぶんの授業予定を記すものだが公簿ではない。見ひらきの二ページにすべてを記入するようになっているので、欄がせまくて実用的ではない。文枝は教科べつにノートを用意し、単元ごとに計画を立てている。週案簿は金曜日の退勤時までに提出し、管理職が全員のものに目を通して月曜日の朝に返却する。じっさいの授業も見ず、週案簿に書かれた文だけを読んで、実のある助言ができるはずはないだろう。だれにでも通用する文が朱書してある。

文枝は時数計算のために週案簿も書いてはいるが、催促されるまでは出さないことにしている。しかしながら、その時数計算が厄介であった。

学習指導要領には教える内容のほかに、学年ごとの授業時数も示してある。一年間を三十五週と設定し、各教科の時数は三十五の倍数になるように考えられていた。年間時数が三十五の教科は時間割りの一こまになり、七十時間の教科は二こまになる。

　ところが、低学年に「せいかつ」科、中学年以上に「総合的な学習の時間」が導入されたころから、かならずしも三十五の倍数ではなくなった。はたして時間割りは、学期ごと、または週ごとにつくられるようになった。そうやって、学習指導要領に示された年間授業時数を確保する。それもかつては幅を認める数字であったが、いまでは最低時数になっている。

　毎月実施する避難訓練は三分の一時間、身体計測は二分の一時間というふうに、学校で行われるすべてのことは時数計算の対象になる。それは教育計画の一部として、管理職が教育委員会にとどければよかった。それがいまでは全員が毎月計算し、数字が合うまでやり直す。その計算表は校務分掌の担当者が保管している。授業ちゅうにトラブルが発生し、中断して指導した場合には、そのぶんの時間は教科の時数から差し引くのがたてまえだ。が、そんなことはだれもしていない。それが不可能で無意味であると、みんなわかっている。

　さらに、一時間を細分する方法も編みだされた。時間割り上の一時間はじっさいには四十五分だが、それを二、三分割して考えるのだ。一時間に二教科をやったり、朝自習の十五分を三回あわせて一時間の授業とみなしたり、「ゆとり教育」が学力低下の元凶であるという風潮に対する苦肉の策である。学び合うという集団学習の醍醐味は脇に追いやられていく。

大志がとっさに時数のことを気にしたのも、学習指導要領の内容を指導されているからにほかならない。

「学習指導要領は、学校教育法の施行規則の一つにすぎないのよ。大事なのは憲法と教育基本法だもの」

文枝は力強く言ってはっとした。教育基本法は二〇〇六年に変えられている。柱を一本失っていた。

「子どもたち、給食はしっかり食べているの？　食事は文化だから、好きなものを好きなときに好きなように食べる、というものではないものね」

文枝はもう一つのことを口にしたが、大志は怪訝な表情を見せた。

「偏食の指導なんかも大事でしょ。あなたも子どものころ、そう言われて育ったんじゃないの？」

「いえ、ぼくは言われたことありません」

「えらいわね。なんでもきちんと食べられるなんて」

「ぼく、すごい偏食です。とくに野菜はほとんど食べられません。でも、母の考えがあって……」

その考えというのは、無理強いしても栄養にはならないから、ピーマンが嫌いならおなじ栄養のあるほかの野菜にすればよいいし、不足はサプリメントなどでおぎなうというものだった。大志の担任にも強制しないでくれと申し入れたらしい。さらに、毎日兄弟ふたりの希望をきいてちがう献立を用意したという。

「お父さんのぶんはどうするの？」

「父が家で夕食を食べることはほとんどありませんでした。母も自分の好きなものをつくっていました。いまは親元を離れているので、自分で買っていますけど」

文枝には想像のつかない風景であった。けれども彼らは満足こそすれ、改める必要など感じてはいないだろう。

「あなたの場合はそれでうまくいったと思うけれど、学級の子どもたちがみんな、あなたのようにしてもらえるわけじゃないのよ。子どもの六人にひとりが貧困状態にあるって、新聞やテレビでもやっているでしょ。だから、給食は大切なのよ」

「ぼく、新聞はとっていないし、テレビを見る時間もないんで」

文枝はそれにもおどろいた。社会を見ることもせず、管理職や指導主事の話だけにたよっていては、生きた子どもをとらえることはできないだろう。

話の接ぎ穂をうしない、文枝はべつの角度から言ってみた。

「人間の食事にはかならず人の手がかかっているわよね。その意味でも給食指導は大切じゃないの？」

「わかります。感謝の念をいだかせるという、道徳の徳目ですよね」

「そう思うならまず、ワゴンの返し方をきちんとすべきね。道徳は副読本の中にあるんじゃなくて、身のまわりにころがっているもの」

文枝は小さく吐息して話題をかえた。

「子どものようすで気になっていることはない？」

「……このところ、おなかが痛くなって保健室に行く女子がいます。でも少し休めば、給食は食べられるようになるみたいです」

文枝のアンテナに触れるものがあった。タイミングと頻度をきくと傾向が見えてきた。痛くなるのは三時間目で、週の半分くらい、週明けはかならず訴えてくる。そして給食のまえに戻ってくる。二学期になってからのことだった。欠席もなく登校をしぶるようすも見られないという。

「なにかのサインかもしれないから、日常的に気をつけて見ていなくちゃね」

文枝は言いながら、不安が杞憂に終わればよいが、と思っていた。

学年会は、ワゴンの返却と教室の整頓を確実にすることを確認して終わった。なにかがきちんとできるようになれば、波及してほかもよくなってくる。喫緊の課題を見つけることが肝要だ。

文枝が夕飯の材料を買って帰宅すると、ほどなく夫の俊哉も帰ってきた。なにやらにやけた顔をしている。となりの市で中学校の教員をしている俊哉は、ときおりこんな表情を見せる。生徒の批判や反抗が的を射ていて、俊哉を乗りこえようとしているのを感じたときの顔だ。俊哉はその瞬間が好きなのだという。

「おかえり。また、こしゃくなお子さまがいたのね」

文枝はおもしろがった。

「お子さまじゃなくて教員だよ。こしゃくというわけでもないんだなあ、これが」

「新採さん？」

「いや、三年目だ」

そう言って、俊哉は浴室に向かった。入浴のあとで晩酌するのが日課である。文枝は手早く支度をした。

食卓についた俊哉は、ビールをひと口飲んで話しだした。

「ちょっと、おもしろいことがあってさ」

俊哉はことし、経験三年目の青年と同学年を組んでいる。初任者研修も翌年のフォローアップ研修も終わったところだ。小学校とはちがって全員が学級を担任するわけではないが、部活動や進路指導などの仕事もあるので、制度化された研修をこなしていくのは厳しい。本人もまわりの教員もひと息ついているころだろう。その彼をめぐって問題が生じたのだという。

ことが大きくなったのは、話を持ちこんできたのが市議会議員だったからである。彼の学級の保護者が懇意にしている議員であった。疑問や苦情を直接担任に言わず、管理職や教育委員会に持っていく保護者はめずらしくないが、議員のところに行く人はめったにいない。それらがまわりまわって担任の耳に入るときは、かかわった人の感情にぶつかっているので、保護者のほんとうの気持ちが見えなくなっていることがある。責任の所在を追及するベクトルだけが働いているからだ。

それは夏休みのことだった。海水浴場でその保護者がぐうぜん彼を見かけた。彼は頭を金髪に染め、上腕にタトゥーを入れて女性と歩いていたという。保護者は声をかけそびれ、ゆゆしき事態だと思って写真を撮り、それを持参して議員をたずねた。相談を受けた議員も、夏休みとはいえ校長が知らないようでは困る、と思って学校に来た。

「事実はどうだったの？」

「本人も認めたよ。校長が呼びつけて注意したが、それでは終わらなかったのさ……」

彼は認めながらも、異議を申し立てた。タトゥーはシールですでにはがしており、髪の色ももとに戻している。休暇ちゅうのファッションまで指図されるのは納得がいかない、と主張したという。調べるとたしかに、事前に休暇とどけが出されていた。

「そんなにはっきりものを言う人だったの？」

文枝はいまどきの若い教員とは思えなかった。

「いや、いままではそうじゃなかった。一連の研修が終わって、反動が出たのかもしれないなあ。それから、彼はぼくに会いにきたんだ。これはパワハラだから、組合に入ってたたかいたいって。ぼくが分会長だって、知ってたんだね。まえにさそったときはすげなかったけど」

「で、どうしたの？」

「入りたいっていうものを拒んだりしないよ。組織率も下がるいっぽうだし。ただ、あれをパワハラといえるかどうか」

俊哉は二杯目のビールをコップにつぎながら、頭の中を整理するように文枝に語りかけた。髪を染めてタトゥーシールを貼ったからといって、反社会的行為とは断定できない。彼はおとなであり、休暇ちゅうであった。一般的には問題のないことだ。しかし、学校や教員への尊敬も期待も低くなっているのに、求められる規範意識はかわっていない。彼の服装も校長の対応も、評価は分かれるだろう。

俊哉のとまどいはほかにもあった。おふるを着て育った俊哉は服装にこだわりがない。程度の差はあれ、俊哉の世代に共通している感覚であろう。時代がかわって服装への関心は高まったが、俊哉には切実な要求ではないのだ。これまで、不当労働行為や内心の自由といったことでたたかってきたが、それらとは異質のことに思えてならない。自分のほうが窮屈でまじめすぎるのだとわかってもいる。こういった感覚のずれは今後も出てくるし、組合運動もそれに対応していく必要があるのだが。

「……まだ、つづきがあるんだ。きょうになって、こんどは校長がぼくのところに来たんだよ。たぶん、彼が組合に入ると言いにいったんだろうね」

　校長が危惧しているのは、議会で取り上げられはしないかということらしかった。監督不行き届きであれパワーハラスメントであれ、議会で話題になるのが困るのだ。自分の言動がどちらにも抵触する可能性があるかもしれないと心配して、組合は彼の行動をどう思っているのか、それを確かめに来たのだ。

「で、なんと答えたの？」

「そもそも、裁判所や議会といったところに判断してもらうことじゃないと思うから、教員の社会的立ち場と服務外の個人の自由については、ていねいに考えていく必要があるでしょう、と言ったよ。ただ、彼にしても校長にしても、組合を圧力団体としか見ていないのはいやだね。これを機にちゃんと話し合えば、本質的なことが浮き彫りになるはずなんだがね……」

　俊哉が話しているとちゅうに、息子の翔太が帰ってきた。頭にタオルをかぶって汚れた作業服を着ている。

「なに熱く語ってんの」

「お父さんの同僚の若い先生が金髪にしたんだって。夏休みのことだけど」

「おう、やるじゃん。でも、怒られたんだろ……だと思ったよ。かあちゃんだって染めてるじゃん。なんで若いもんだけだめなのさ」

「これは、白いのが増えすぎたから、もとのしぜんな状態に戻しただけじゃない」

「なんでいちいち、せっぱつまった理由がいるんだろうねえ。やりたいからやるっていうんじゃ、だめなわけ？　なんかさあ、昭和の風が吹きまくってるよ、この家」

翔太は手をくるくるまわしながら、竜巻のように高く上げていった。

俊哉がふたりの会話にふくみ笑いをしながら割りこんだ。

「きょうはバイトか。映画のほう、ちっとは見通し立ったのか」

「見通しとまではいかないけど、あきらめなけりゃ、遠ざかることはないだろ？」

「なるほど。ところで、おまえ、いくつになった」

「二十八……言いたいことはわかってる。子どものころはみんな夢を持てと言うけど、年をとると、いつまで夢みたいなこと言ってるんだ、となる。その境目がだいたい三十くらいなんだよなあ。仲間もそう言ってる。ぼくはへっちゃらだけどね」

翔太は映画監督をめざしている。大学も芸術学部をえらんだ。その意志を聞いたとき、文枝は大学時代を思い出し、創造的な仕事へのあこがれもあって、翔太の夢を応援した。畑ちがいの仕事だから実現までの道筋もわからなかったが、それもふくめて、自分がもう一度青春を生きているような気がしていたのだ。

しかし、大学を卒業しただけでは道は開けなかった。むかしは特殊であった仕事もふつうに望めるようになったが、働き方も多様化し、どのような場所で夢を形にするかということになると、とうてい文枝の思慮のおよぶところではなかった。映画会社の社員ではないから定収はなく、アパートも借りられずにずっと実家にいる。映画関係の仕事だけではやっていけないから、建設現場の交通整理などのアルバイトをしている。食費は不定期にいれていたが、外食が増えていったのでいまはいれていない。贅沢をしているふうでもないから、文枝はなにも言わないでいる。

「ごはんは？」

「食ってきた。牛丼大盛り」

「そんなものばかり食べてたら体によくないでしょ。夕飯もうちで食べれば栄養もとれるし、お金もかからないじゃないの」

「飯にあわせて生活をかえるなんてできねえよ。わざわざつくらなくても、世の中、うまいもんがいっぱいあるんだぜ」

翔太はそういって自室に行った。

「もう、いや。あれだけ手をかけて育ててきたのに、どうしてああなっちゃうのかしら。成功したのは排便教育だけだわ。毎朝、きちんと、それだけよ」

俊哉は声を立てて笑った。

「それだけでも、成功しないよりはましだよ。あいつ、仲間って言ってたから、けっこういごこちがいいのかもしれないいな」

「だといいけど……昭和の風が吹きまくってるなんて、言ってくれるわよね。変化のスピードがはやすぎて吹き方がわからないから、風も竜巻になるしかないのよ」

「組合の風も、昭和の匂いがしているかもしれないぞ」

「でも、吹かないよりいいじゃない。一度やんだら、ふたたび吹かせるのってたいへんだと思うわよ」

「それじゃまるで、絶滅危惧種じゃないか」

ふたりは同時に吹きだしたが、声はすぐに消えた。それぞれの職場に組合員は数人しかいない。組合員でありつづけるだけでもたたかいのような状況であった。

（三）

さわやかな秋晴れの日がつづいている。文枝は夫を見送ってから、まだ寝ている息子の朝食を冷蔵庫に入れ、通勤の途についた。

バスの中でいつものように過去と現在のあいだを揺れながらも、ゆうべ夫が口にした「絶滅危惧種」という言葉がよみがえってきた。あいまいな笑みが浮かんでくる。笑ってしまえばひとごとになり、考えれば深刻になる。あいまいさはありのままをありのままで受容するときの形だ。それにも小さくない勇気がいる。そんないいわけめいた激励を自分におくった。

けれどもバス停が見えてくると、その笑みも雲散霧消し、焦点がいやおうなく定まった。

きのうから算数の授業で新しい単元に入った。除数がふた桁の除法である。四年生でもっともむずかしい学習の一つだ。除数がひと桁の計算とは雲泥の差がある。四則計算の中で除法がいちばん高度である理由は、加法、減法、乗法の計算がかくじつに身についていないとできないからだ。いうならば、計算の集大成である。

ふと、大志の学級のことが頭をよぎった。先週の授業のようすからみても、この指導の困難は想像がつく。低学年のころは、わかることとできることはほぼ同義であった。しかし学年が進むにつれ、わかったことができるようになるまでには、そのための努力が必要になってくる。教員の工夫でわかる授業はできるし、黒板を見ながらいっしょにやればできるのに、いざ自力で問題をとこうとするとできない事態が出てくる。習得するには集中力と根気が不可欠だ。それは子どもの好むところではないから、工夫とはことなる授業の規律が必要になる。教育の中に「十歳の壁」があるといわれるのにも理がある。十歳とは四年生のことである。

文枝も油断するわけにはいかなかった。算数でつまずきそうな子どもがなん人かいる。学力に問題があるというより、生活全体が不活発になっている。それも二学期になってからである。長期の休み明けは、子どものようすに休みちゅうの生活が反映するものだが、年ごとに活力の差が大きくなっていると感じる。休みを満喫できない子どもが増えているのだろう。こういった状態がつづけば学力不振におちいりかねない。この学校でも、六人にひとりといわれる貧困状態の子どもがいるはずだ。

算数の授業は二時間目であった。きのうは除数も被除数も一の位が空位であるか、空位でなくともすぐに商の見つかる計算であった。しかしきょうからは、一度の計算ではすまない式になる。

「三年生のときは、わる数がひと桁だったから『忍法片手かくしの術』を使ったけれど、四年生ではふた桁になったので『忍法両手かくしの術』を使います」

そう言って、文枝は用意しておいた手形のカードを二枚とり出した。一枚は三年生で使ったものだ。裏側のマグネットで黒板につくようにしている。教室のあちこちから子どもが声を上げた。

「出たあ、あれかあ」

「こんどは右手と左手じゃん」

「それ、だれの手？」

いっとき待って、筆算の説明をはじめた。きょうのねらいは、仮の商が大きすぎた場合の修正の仕方を学ぶことだ。

「こうやって両方の一の位の数を手のカードでかくして、十の位だけを見ます……商を予想します。これが仮の商です……かけ算をします……ひき算をしますが、引けません……そう、仮の商が大きすぎるんだね……仮の商を一小さくして……またかけ算をして引いてみると、こんどはだいじょうぶ……だから、仮の商はほんものの商になりました」

子どもたちは軽いのりで聞いていた。説明が終わると、文枝に合わせて練習問題をいっせいにやる。合格したら算数ドリルを自力でといていく。

文枝は机間巡視をはじめた。仮の商を修正するぶん、ノートに余白をとって書くように指示したものの、消していくうちに見にくくなってくる。これから修正回数は増えていくし、ぎゃくに仮の商を大きく修正する場合も出てくる。なん度も書き直すのはめんどうであり、ノートもよごれ、破れることもある。子どもが癇癪を起こしたくなるのも無理はない。そのうえ、九九、くり上がり、くり下がりの、どこか一ヵ所でもまちがえば正答は出ない。まちがっているところを見つけ出すのも容易ではないのだ。きょうの授業でも、自力でははかどらない子どももいる。

「先生、こんなことしなくても、一発で答え出るよ。商とわる数のかけ算を頭ですれば、くり上がるってわかるもん」

算数の得意な男子が言った。たしかにそのとおりである。

「そうね。でも、きょうは筋道を立てて考える勉強だから、さっきの方法でやってみてね。あとできっと役に立つと思うよ」

彼は聞こえるようなため息をついた。

「ばかだなあ。早くやっちゃだめなんだよ、学校じゃ」

うしろの席の男子が鉛筆で背中をつついて言った。仲のよいふたりだ。まえの男子が舌打ちした。その音がはっきり聞こえた。まわりの子どもにも聞こえたにちがいない。

文枝の心は波立った。「忍法両手かくしの術」など、彼らにはまだるいだけなのかもしれない。効率よく答えを見つけ、さきへ進もうとする。それが自慢なのだ。自慢はときに、人を傷つける言葉にもなる。

多くの子どもが就学まえから勉強し、入学してからは塾に行ってさきへ進み、学校で学ぶことが新鮮ではなくなっている。親たちは不安をあおられ、学校以外での勉強に期待するようになったのだ。教員になったばかりのころ、海綿が水を吸うような子どもの好奇心に感動した。その表情を見るのが喜びであった。いま子どもたちは、その顔をだれに見てもらっているのだろうか。

机間巡視をしながら文枝は言ってみた。

「ドリルにも合格した人が出てきたので、その人たちにお助けマンになってもらおうかな。困っている人は『エスオーエス』と言ってね。お助けマンがすぐ行きますから」

すると、さっきのふたりが「よっしゃあ」と言って立ち上がった。教室の後方から「エスオーエス」と声がしたのを皮切りに、あちこちからふたりを呼ぶ声がした。ふたりは意外にも楽しそうな顔をしている。少しずつお助けマンも増えていき、教室全体が活気づいた。文枝は算数が苦手な子どものそばに行き、時間をかけて指導した。

これでひとまず安堵した。しかし、このやり方がいつもうまくいくとは限らない。こういう胸の波立つことが、いつどこで起こっても不思議はないのだ。悪意なく発した言葉でも、相手にとどいたときには棘があったということはめずらしくない。教員はそのたびに持てる力を総動員し、即興で対応しなければならない。それには尽きることのないエネルギーが要る。

二時間目の授業がすんで廊下に出ると、大志が当惑した顔で立っていた。連絡帳を持っている。なにか問題が起こったようだ。文枝は職員室で話を聞くことにした。中休み時間なので、廊下には子どもが行き来している。

職員室でその連絡帳を読んでみた。大志はおちつかないようすで座っている。

――先生はご存じないようなのでお知らせします。娘のとなりの席の男のお子さんが、いつも娘に色鉛筆を借りています。お友だちには親切にしなさいと言ってきましたから、娘はちゃんと貸してあげています。でも、なかなか返してもらえないので、娘は使えずにいます。それに使い方が乱暴で、折れたのもありますし、短くなったのもあります。娘には新しいものを買ってやりますが、先生は、そのお子さんが毎日忘れていることを知っているのですか？　これはきちんと指導すべきことではないのですか？　こういったことがこれ以上広がらないようにと思って、お知らせします――

言葉が噴石のように飛んできた。隣席の男子の名前も知っているはずなのに、あえて無視している。大志の衝撃が伝わってくる。生まれてはじめて浴びせられた言葉であろう。担任がその母親より年長の文枝であったら、もう少しちがった言葉が並んでいたかもしれない。

色鉛筆はずっと道具箱に入れておくものだから、毎日忘れたのではなく、持ってきていないということだ。席替えは二学期のはじめにしているはずで、それからひと月のあいだ借りているることになる。色鉛筆は地図やへちまの観察画、社会科新聞の色ぬりなどに用いるので使用頻度は高い。

「これ、ほんとうなの?」

「さっき色鉛筆を見たら、文面どおりの状態でした。その男子は翼くんなんですけど、きっと強引に借りただろうと思います。ふだんから言葉づかいも乱暴で、ありがとうとかごめんなさいが言えないんですよ」

「先生は気づいていなかったのね?」

「はい、もうしわけありません」

大志がくぐもった声で言った。

「わたしにあやまることじゃないわ……なにか、事情がありそうよねえ」

大志は無意識のうちに、また文枝にあやまった。文枝はそのまちがいがいつも気になり、ただささずにはいられない。

翼はたしかに、粗野な行動の目立つ子どもであった。すなおに言葉を出せないようすも目に浮かぶ。しかし、それにもわけがあるのではないだろうか。

「まず、昼休みに翼くんと話してみることね。問いつめたりせず、自分から話せるようにしむけてね、むずかしいけど。連絡帳の返事はそのあとで書くほうがいいと思う」

大志はうなずいて教室に戻った。

文枝はその場に同席しようかとも思った。しかしそうすれば、翼は大志を軽く見るようになるだろう。思うようにやってみて、その結果から学ぶしかない。


昼休み、大志は翼を教室に残した。数人の女子がさぐるようなまなざしを向けている。文枝はさりげなく顔を出し、彼女たちに外で遊ぶようにうながした。不満そうに出ていく女子を見とどけ、そのまま廊下で聞き耳を立てた。

「……色鉛筆はまちがいなく家にあるんだね。じゃ、先生がお母さんに、あした忘れずに持たせてくださいって電話するよ、いいね」

「いやだ、ぜったいいやだ」

「だって、また忘れるかもしれないじゃないか。そしたら、また迷惑をかけることになるんだよ」

「いやだ、いやだ、電話なんかするな」

叫び声がして、後ろの出入り口から翼が飛びだしてきた。そして階段をかけおりた。大志はぼうぜんと立っている。

「おいかけて、外に出ていくかもしれない」

文枝はそう言って、自分もあとをおった。

翼が校門を出ようとしているところで大志がおいついた。翼は尻もちをついてはげしく抵抗している。押さえている大志もおなじくらい興奮していた。文枝は息を切らしておいつき、叱責しようとする大志をかろうじて止めた。さっき大志がつかった迷惑という言葉が気になっていた。そんな言い方では翼が心を開くはずはない。

「翼くん、ほんとうはなくしたんじゃないの？　でもお母さんには言えない。だからお友だちに借りてしまった。ほかにどうしようもなかったんだね。翼くんの気持ち、わかるよ。だから、こうしよう。先生の子どもが使っていた色鉛筆があるから、それを使ってくれないかなあ。お母さんに言えるときがきたら、そのとき言えばいいよ」

文枝は腰を下ろして翼の肩に手をかけ、つぎの抵抗を予想しながら言った。けれども、翼はあっけなくうなずいた。文枝のてのひらから、翼の力がすうっと抜けていった。

「よかったなあ、翼くん。中野先生に……」

文枝は大志の言葉をさえぎった。礼を言わせたくはなかった。

「じゃあ、あした持ってくるね。ほら、休み時間はまだあるよ」

文枝が言うと、翼は袖で顔をこすってかけだした。

「強い子ねえ。たくましい」

「ありがとうございました。でも、なんで母親に言えないんでしょうか」

「どんなお母さん？」

「まだ会ったことないんです。保護者会にも学校公開にもみえなかったので。運動会には来られたかもしれませんけど」

そう、と文枝はつぶやいた。予想のついたことではあった。

家庭訪問が廃止されてひさしい。授業時数の確保が至上命令になり、あらゆる行事を見直した結果である。保護者のほうが学校に来る個人面談は、短期間ですむのでいまもやっている。が、それも希望者だけになり、その数も減ってきている。むかしの授業参観は学校公開という名称になり、地域に開かれた学校をアピールするために一週間もやっているが、意図した効果が出ているとは思えない。来られる人がなん回も来るようになっただけだ。子育ての両輪であったはずの家庭と学校は、それぞれやみくもに走っているように見える。そして、だんだん離れていく。

「ぼくにはわかりません。もっと母親のほうが目を配るべきだと思うんですよね」

「どこの家庭にもそれぞれ事情があるものよ。連絡帳の返事には、翼くんの道具箱の奥のほうに入ったままになっていた、と書いたらどうかしら。ほんとうのことを知らせるのが教育的とは思えない。それくらいの配慮はしてもいいんじゃない？」

文枝の案に大志も納得した。

大志の育った環境を考えれば、翼の母親を理解できないのも無理はないだろう。しかし教員になった以上、自分より苦労している子どもがいる現実に目をつむることは許されない。そういう子どもこそ、守ってやらなければならないのだから。

並んで校舎に向かいながら、あっけなくうなずいた翼の幼さが、小さな結晶となって文枝の胸に残った。

「一年目のあなたに酷なことを言うようだけど、担任というのは、子どもが困ったときにまっさきに救いを求めてくる存在でなければならないのよ。わたしだってできていないけれど、そうありたいとは思っている。思いつづけるしかできないけどね」

文枝は自分に言い聞かせた。

夕方になって、保健室に養護教諭の秋葉多佳子をたずねた。多佳子とは年も近く、おなじ組合員でもあるので、なにかと愚痴を言いあう仲であった。多佳子は書類の整理をしていたが、その手を休め、笑いながら言った。

「昼休み、捕りものがあったみたいね。あれ、二組の翼くんでしょ？」

「えっ、見ていたの、そうなのよ……」

文枝は色鉛筆にまつわる一連を話し、吐息してつづけた。

「生活が苦しいんじゃないかしら。親の苦労を見ているから言えないのよ。なくしたというのも、わたしがそう言ったからそういうことにしたのかも。もっと抵抗すると思っていたんだけど、意外だったわ。まだ子どもなのよね」

「もう限界だったのかもしれない。中野さんが声をかけたとき、張りつめていた糸が切れたのよ。ほっとしたんだと思うわ。その色鉛筆のことだけど、もしかしたら……」

　多佳子の想像は、六年生の翼の姉が使っているのではないかということだった。九月の図工が細密画を描く授業で、色鉛筆を使っているようだという。姉弟それぞれに買い与える余裕がなく、姉に言い負かされたのかもしれない。

「みんなけっこう気に入っているらしくて、放課後もここに来て描いていく子もいるのよ。ほら、教室に残っていると帰れって言われるから。これで、根岸さんも評価が上がるわね。とりあえず、危機を脱したわけだから」

　多佳子は目配せした。六年担任のふたりは、きまりを守らせることに熱心であった。保健室から見えていたのだから、管理職も見たかもしれない。大志がどのように報告するか、そこまでは気がまわらなかった。

「それは、あとがうまくいったら、の話よ。ことがらの底にふれるような指導をよしとする人ばかりじゃないでしょ。いれこまない、省エネみたいな指導が、時代のニーズに合っていると思っている。それでいて、子どもをよく見ろっていうんだから。おとなが踏みこまなければ見えないことだってあるじゃない」

　文枝は腹立たしげに言って、ちかごろ保健室に行くようになったという二組の女子のことをきいてみた。

「佐野いずみちゃんね、わたしも気になっていたの。休み明けは必ず、時間は三時間目、教科は算数、でも、給食のまえには戻っていく。家でちゃんと食べてないのかもしれない。このまえの計測でも体重が減っていたし。ほかにも減った子がいるの。見過ごしていいことじゃないと思うわ。小教研の保健部会でもおなじことを聞いたし」

「職員会議にかけても、きっと家庭の責任になると思うわ。せいぜい、きちんと朝食をとるようにしましょう、と学校便りに書くくらいよ。啓蒙で生活が変えられるはずないのに」

文枝がいきどおると、多佳子は首をすくめて言った。

「わたし、ないしょでおやつを置いているの、おおっぴらにすると厄介だから。学校として対応するには時間がかかるし、認められるとは限らないもの」

「いいことはみんな、例外でやるしかないのよね」

と、文枝はまたいきどおった。

たしかに学校は組織である。そのことが主張されるようになって改善された部分もある。むかしは、たとえば「野郎の会」などという男性教員の集まりがあって、そこで大筋をきめてから職員会議に出すというようなこともあった。そういった私的グループが力を持てなくなり、全体として平等、整然、計画的、という流れができた。しかし、失ったものもある。そのころは例外や失敗に寛大であった。むしろ、手厚い指導を要する問題はどれも例外であり、失敗は成長の糧であるというような、いまの風潮とはことなる見方をしていた。それは大ざっぱな時代が持ち得ていた教育の本質であろう。いまは、学校が組織であることの弊害が、のっぴきならないところまできているように思われる。

それからふたりは、これといった方法も見つからないまま別れた。おおっぴらにせず、やれることをやろうというのが、暗黙の了解であった。文句を言われたらきちんと反論する。教育のなかみについての議論なら、論破されるとは思わない。それがふたりの自負であった。

翌日の始業まえ、文枝はきのうのことをどのように報告したか、大志に確認した。初任者研修の日誌には、校外での研修のほかに、校内であったこともすべて書くようになっている。

「べつに、これといって……」

と、大志は日誌をくりながらつぶやいた。

大志によると、「昼休みに持ちもののことで男子児童と話していたとき、急に興奮して飛びだしたので校庭までおいかけ、その場で指導して納得させた」と書いたところ、その部分に赤線が引いてあり、校長の字で「機敏な対応は教師にとってもっとも大切なことです」と朱書してあったという。

「それだけ？」

「はい。中野先生のことはスペースがなくて書けませんでした。すみませんでした」

「そんなことはいいのよ」

文枝は大志に笑顔を向けながら、校長への不信感を払拭できずにいた。具体的な場面も指導のなかみも知らずに、なぜほめることができるのか。じかに話を聞き、具体的にほめるべきだ。大志にとってははじめての、肝をつぶすような事件であったのだから。もし翼が門の外に出ていたなら、こんどはそのことだけで、監督不行き届きと責めるだろう。

「これ、翼くんと約束した色鉛筆、わたしてあげてね。きのう、女の子の連絡帳に返事を書いたでしょ？　なにか言ってきた？」

「いいえ、さっきまで教室にいましたけど、連絡帳はきていませんし、電話もありません」

「そう、納得してくれたのかな」

文枝はそう言いながら、あわい疲労をおぼえていた。

自分が抗議したことに相手がこたえたのだから、なんらかの反応を示してもいいだろう。言いたいことを言えば、それで気がすむのかもしれない。しかしそれでは、人と人はつながっていかない。

その日の四時間目の終わりころであった。ふいに多佳子が教室に顔を出した。表情がいつもとちがっている。文枝は子どもに給食の準備をするように言って廊下に出た。

「ちょっと二組に行ってくれない？　いま、いずみちゃんを教室まで連れていったんだけど、あれじゃ、根岸さん、お手上げだと思うのよ……」

多佳子の説明によると、いずみがきょうも保健室に来ていたのだが、腹痛もおさまったので教室に帰したところ、中に入るなと言われて戻ってきたのだという。それで教室まで送っていったのだ。

「子どもたちが?」

「そう。いつも給食の時間になるとよくなるのはずるい、と言ったらしいの。それで、根岸さんがわたしに説明してほしいというのよ。ほかの子どもがどう思っているか、ちょっと気にはなっていたの。かといって、わたしが説得してもねえ。ほんらい担任と子どもの関係だから」

「行くわ。さきのことはあとで考える」

文枝は多佳子といっしょに二組に向かった。

きのうの翼の事件が子どもたちを動揺させていてもおかしくない。不安を自覚できないいま、なにかを発散しなければおさまらないような雰囲気になって、ひごろからくすぶっていたいずみへの不信がはけ口になったのではないか。

教室のまえまで行くと、中から大志の大声が聞こえてきた。

「だから、先生は体のことはわからないって言ってるじゃないか。いま、秋葉先生が説明にきてくれるから、それまで待ちなさい」

戸を開けると、立ち上がっている男子が数人いて、それに対峙するように大志も立っている。女子は席についているが、なん人かはさめた表情で校庭を見ている。きのう、大志と翼をさぐるような目で見ていた女子だ。教室全体に険悪な空気が広がっている。視線をすみのほうに移すと、いずみが小声で泣きじゃくりながらひとりで立っていた。

文枝はその構図に疑問を持った。どのようないきさつがあったとしても、いま、大志はいずみのそばにいなければならない。弱い立場のものを守るという姿勢を子どもたちに示す必要がある。しかし大志は、文句を言っている子どもにも泣いているいずみにも、おなじように手を焼いているとしか見えなかった。文枝はいずみのそばに行った。

大志は文枝がいっしょに来たことも意に介さなかった。

「秋葉先生、いずみさんの体のこと、みんなに説明してください。ぼくがいくら言っても納得しないんですよ」

興奮がおさまらないようすで大志が言った。多佳子はうなずいて黒板のまえに立った。

「ちゃんと席について話を聞いてね。いずみさんはほんとうにおなかが痛くなったのよ。理由はわからない。夏の疲れもあるし、心配ごとがあってストレスがたまっているのかもしれない。おとなならビアガーデンに行ったりして発散できるけど、子どもはそうはいかないものね。でも、保健室のベッドで横になっていたらよくなったの。みんなも体を横にすると気分がよくなったこと、あるでしょ？　それとおなじよ」

「じゃ、なんで算数の時間だけなのさ。ほかのときは痛くならないなんて、やっぱ、おかしいよ」

「算数がいやにきまってるさ。ずるいよ」

文枝は子どもの鋭さにおどろいた。算数の時間に限られていることに気づいている。大志はそうではなかった。

「待って。じゃあ、みんなはいずみさんがうらやましいの？　算数やらなくてすむから？　そうかなあ。いずみさんのほうがみんなのこと、うらやましいと思っているんじゃないかしらね。だって、勉強しなかったらわからなくなるわけだもの」

と、多佳子はおだやかに返した。

「だったらさ、少しくらい痛くてもがんばればいいじゃん。おれたちみたいに」

「そうだよ、みんな我慢してんだから」

文枝はだまって聞いていた。大志がひとりのとき、子どもたちはもっと口汚い言葉をなげつけていただろう。それを制止できない大志の狼狽ぶりが目に浮かぶ。

とつぜん、大志が声を荒げた。

「いいかげんにしろ。いずみさんはほんとうにおなかが痛くなって、ほんとうによくなったんだ。秋葉先生が嘘をついているというのか。これじゃ、いずみさんは学校に来るのがいやになるよ。そんなことにでもなったら、きみたちは責任がとれるのか。こういうのをいじめというんだ。いじめはぜったいに、許さないからな。四年二組にはいじめがあるとうわさになったらどうする。だれがいじめたか、調べられるんだぞ。わかったら、いずみさんにあやまるんだ。ほら、みんな立って……いずみさん、ごめんなさい」

大志がさきに頭を下げたので、子どもたちもおなじようにした。しかし、全員ではなかった。いずみもうつむいたままだ。大志はそれに気づいているだろうか。

文枝は違和感をおぼえ、心にふたをして子どもに言った。

「さあ、給食にしましょう。遅くなったから、お当番さんも白衣を着なくていいわ。いそいで準備しようね。先生たちも手伝うから」

文枝と多佳子は廊下に出ると、どちらからともなく顔を見合わせ、大きなため息をついた。それから、ワゴンにのっているものを教室に運びいれた。教室の中はいつもより静かであった。子どもの口を閉じさせているものを考えると、気が重くなってくる。

そのとき、文枝の教室から子どもが顔を出した。

「先生、いただきます、しちゃうよ。いい？」

「ごめん、さきに食べてて、すぐ行くから」

文枝は多佳子に礼を言って教室に向かった。いずみが教室で給食を食べられるのはいちおう前進であろう。いまは、それでよしとしなければならない。

文枝は六時間の授業を終えると、早めに子どもを下校させ、二組のようすを見にいった。ふたりの女子がいずみにつきそって教室を出ていった。おとなしい目立たないふたりだ。ほかの子どもたちはいつもと変わらないようすであった。

「さっきはもうしわけありませんでした。あのあとはすぐもとに戻りましたし、いずみさんもちゃんと食べていました。ぼくはまだ興奮気味なんですが、子どもはたくましいですねえ」

「それが子どもよ。先生がひとりだったとき、もっときつい言葉が飛び交ったんじゃないの?」

文枝の問いかけに、大志はしばらく逡巡していた。こんなことははじめてだ。

「正直にいうと、どうこたえたらいいか、わからなかったんです。ぼく、子どもたちの言っていることのほうが理解できるんです。ほんとうに病気なら親が放っておくはずはないし、登校してくるわけだから学校がいやとは思えない。そうなると、やっぱり算数をやりたくないとしか考えられないですよね。腹痛だけでなく、甘えもあるんじゃないでしょうか」

文枝はおどろきはしなかった。さっき大志が子どもに向かって言ったことから予想はついていた。

「いずみさんのおうち、ゆとりがないのかもしれないわね。そのさびしさをわかってあげないとね」

大志はうなずいた。けれども、その反応には感情がぬけ落ちている。

「かわいそうだとは思います。でもそれは、親の責任でやることではないでしょうか。ぼくたちは、登校してきた子どもを教育するのが仕事で、学校に行ける状態にしてやるのは親のつとめだと思います。学校教育と家庭教育と社会教育はそれぞれ……」

聞いているのも苦痛であった。子どもを育てる営みに領分などあるはずがない。線引きをするのは責任の範囲をきめるためだ。文枝の表情に気づいて、大志はとちゅうで話をやめた。

大志の育った環境からすれば、そういった結論しか出ないのもわからなくはない。が、大志は「ぼくたち」と言った。初任者研修で指導されたと考えるのが順当であろう。

「きょうのところはおさまったけど、これで解決したわけではないと思うから、あすからも注意してみていかなくちゃね。いじめは許さない、と宣言したのはよかったわ」

「ありがとうございます」

大志は明るい声で言った。

文枝は多くをのみこんで保健室に向かった。そこでしか話せないことが胸に沈澱している。多佳子もおなじ気持ちでいるにちがいなかった。

「秋葉さん、さっきはありがとう。わたし、根岸さんのことほめすぎたかも。彼がいじめは許さないと宣言したから」

多佳子は微苦笑して言った。

「あれは指導というより脅しね。報道されているような事件とむすびつけて、調べられるのがいやならいじめるな、と言ったわけだから。見えることだけで判断して、いずみちゃんの気持ちもほかの子どもの気持ちも、わかろうとしていない。どちらの根っこにあるのもおなじだと思うわ。心ぼそいのよ、みんな」

「いじめの構図は単純ではない。ささいなことで立場が逆転もするし、ひとりが場面によってどちらにもなっていることもある。いじめる子だけの指導があるとは思えない。全校集会で一斉指導するのもいい。スクールカウンセラーを配置するのもいい。でも、もっと日常的な指導が必要なはずよ」

文枝は一気に吐露した。子どもが巻きこまれる事件などが起こるたびに、学校や教育委員会の講ずる手だてが画一的であることに疑問を感じていた。

「これで終わりじゃないわね、たぶん」

多佳子が消毒したピンセットをしまいながら言った。

多佳子が危惧するのは、大志が力で押さえつけた反動がべつのところで表れるのではないか、ということだった。そのときはもっと見えにくい形をとる。もぐらたたきのような状態になるかもしれないのだ。

しかしいまの大志に、きょうの対応以上のことを望むのは無理だろう。親子ほど年の離れた文枝にとってもむずかしいことだ。弱いものを見つけて憂さ晴らしをする、社会の縮図のような問題が学校の中で起こっているのだから、根は深い。

立ちすくむ大志の姿が見えた。まっすぐに歩いてきた道のとちゅうで、ゆくりなく激しい風に吹きつけられ、道のつづきが見えなくなったのだ。ちがう道があることを考えることもできない。文枝たちの世代よりずっとていねいに、けれども結果として小さく育てられて教員になった。そう思うと、大志にエールを送らずにはいられなかった。

「根岸さんには、子どもとのやりとりの場面での、実践的な助言が必要なんじゃないの？」

「そうね。考えていないわけじゃないんだけど……」

と、文枝は言った。二学級合同で体育の授業をやろうと考えていた。しかしいまは、具体的な話をする元気はなかった。

「お茶でもいれようか。待ってて」

立っていく多佳子のうしろ姿を見ていると、ふっと石川啄木の歌が浮かんできた。学生時代はばくぜんとした不安を感じただけだったが、いまはぬきさしならないいきっさきに立っているような思いがする。

「知ってる？　啄木なんだけど、『秋の辻　四すぢの路の三すぢへと吹きゆく風の　あと見えずかも』っていうの。道が見えなくなってる」

「ふうん。文学おばさんなのね」

多佳子は急須を上下させながら言った。

# 三章　松の風

## （一）

十月はじめの土曜日である。

夜来の雨も上がり、運動会は予定どおりに進行した。日のかたむきかけた校庭に、閉会のあいさつをする校長の声がひびいている。

「……みなさんのがんばる姿に、おうちの方はきっと、心から感動なさったことと思います。みなさんひとりひとりの顔も自信に満ちています。校長先生はそれが嬉しいです。きょう味わった感動、きょう生まれた絆を大切に、これからもがんばっていきましょう。ご来賓のみなさま、保護者のみなさま、本日はさいごまで子どもたちをあたたかく励ましていただき、まことにありがとうございました」

岡本淳一は子どもの列のうしろに立ち、陳腐な言葉をうわの空で聞いていた。それさえ言っておけば安心といった怠慢がにじみでている。保護者よりさきに来賓に呼びかけるのもいつものことだ。

感動や絆という言葉の乱発には目にあまるものがある。学校行事での校長あいさつに出ないことはない。保護者席を見まわすと、あいさつを聞かずに帰りはじめる人も多かった。けれどもそれは、校長のあいさつへの評価とは限らない。学校行事もイベントとおなじ感覚でうけとめられるようになり、子どもの出番がなくなれば関心もうすらぐのだ。

校歌を歌って閉会式は終わった。このあと、六年生は片づけをはじめ、それ以外の学年は自分の椅子を順に教室に運びいれる。よごれた体でよごれた椅子をかかえて移動するのだから、昇降口にも廊下にも教室にも砂が落ちる。かつては、振替休日明けの一時間目に清掃をしてから授業をはじめたが、授業時数の確保を厳しく要求されるようになると、教室外の清掃はすべて用務主事が行い、教室内については特別の時間をもうけず、担任の判断でやるようになった。たいていは自分のまわりだけを拭いて終わる。

「だめ、だめ、こうやって持つの。教えたでしょ」

一年生の担任が子どもの椅子を手にしてやってみせている。水筒を肩からななめにかけ、タオルを首にまき、椅子の背もたれを胸にあてて持つのがぶなんなやり方だ。これだと椅子の脚がだれかにぶつかることはない。けれども、一年生には足もとを見るのがむずかしくなる。疲れているからなおさらだ。

淳一は四年一組の教室に入ると、「みんな、よくがんばったなあ」と大きな声をかけながら、すばやく机と椅子を並べさせた。校庭では片づけがはじまっている。他学年の担任もできるだけ早く出ていかなければならない。

「ようし、じゃあ、あれ、いこう」

淳一がてのひらを上に向けて言うと、子どもから歓声が上がった。

「ようっ」

淳一の発声に合わせ、全員で三三七拍子のしめをする。一回目が終わると子どもから「はっ」と声がかかり、つごう三回やって拍手と歓声がわいた。淳一は運動会や学芸会といった大きな行事のあと、いつもこうすることにしている。

子どもたちをいそいで下校させて校庭に下りていった。六年生が教員といっしょにあちこちで働いている。下ろされた万国旗をたぐりよせて重ねている子どもがいる。旗は砂ぼこりを立てながら引きずられてくるので、彼らの体操着も砂だらけだ。紅白の大玉の空気をぬく作業は人気があり、ときどき注意されながらも、子どもは喜んでのしかかっている。綱引き用の綱はローラーにきちんとまき直し、入退場門は横にして分解する。こういった運動会でしか使用しないものは、ふだん使う体育倉庫ではなく、奥まったところにある倉庫まで運ばなくてはならない。

淳一は全体のようすを見て、テントを解体しているところに行った。まだ二張残っている。

この作業は危険なので子どもにはてつだわせない。まず声をかけあって天幕をおろし、骨組みの部品を確認しながらそれぞれの袋に収納する。三張あるテントの部品は微妙にちがうので注意しなければならない。

ふと屋上に目をやると、副校長がひとりで日の丸の旗をおろしていた。正門にも西門にもあったから、きょうは三本立っていたことになる。三本とも、淳一が出勤してきたときにはすでに出ていた。

卒業式や入学式の実施要項とはことなり、会場図や式次第というものがないから、運動会についての職員会議で「日の丸」にかんして話し合うことはない。提案にないのだから掲揚する担当者もつかないわけで、副校長が個人的にやっていることになる。かつては組合としてその行為に抗議もしていたが、いまでは状況がかわってしまった。

一九九九年に「国旗及び国歌に関する法律」が制定されてから、「日の丸」や「君が代」についての反対意見を述べるのが気づまりになった。聞くほうがやりすごすだけになったのだ。内容について議論することはない。迷惑がられているのがわかると発言するほうの気もめいる。いまはまだ、運動会で「君が代」を歌うことはないが、いつ入ってこないとも限らない。

「子どもに揚げさせないだけましか」

淳一は忸怩たる思いをかみ殺してひとりごちた。

六年生が下校して運動会は終了した。日に焼けて疲れた顔が職員室に集まってくる。

「ああ、ビール飲みたいなあ。いま飲んだら最高だろうね」

だれかが声高に言い、賛同する声と笑い声が広がった。ふだんはこんな軽口をたたくこともない。大きな行事がぶじに終わり、心がやわらかくなっている。

むかしは運動会の終了直後にビールで乾杯していた。給食調理員が昼食といっしょに用意してくれていた。昼食の費用は親睦会費でまかなうが、ビールは管理職からの差し入れのことが多かった。校内であれば幼い子どものいる女性教員もそのまま参加できるし、なにより、渇ききったのどをうるおすビールは格別であった。けれども、校内での飲酒は好ましくないということになり、職員室で事務的な連絡だけをし、うちあげは場をあらためて行うようになった。異動要綱の変更で遠距離通勤者も増えている現状では、参加できる人も限られてくる。

たしかに淳一の若いころは、校内で飲酒することもたまにはあった。同僚と夜まで教育談議に花を咲かせ、飲みすぎて保健室のベッドで寝たこともある。翌朝出勤してきた養護教諭が窓を開け放ち、こもった空気をいれかえながら、母親のような口調で叱ったこともある。それはよいこととはいえないが、笑ってすませられる範疇ではなかろうか。本質的なことは等閑視し、末節のことには追及の手をゆるめない。そういう昨今の風潮を見ると、ビールとともに学校から消えたものは存外、貴重なものであるようにも思われる。時間を忘れて同僚と語り合うときの、臨場感にみちた精神の高揚を、いまの若い教員は職場で味わえているだろうか。

全員がそろったところで校長が立ち上がった。

「みなさん、ほんとうにお疲れさまでした。大きなけがも熱中症もなく、成功裡に終わりました。二つほど、おどろかされることはありましたが……」

校長が苦笑したので、つられて失笑するものもいた。

それは昼食時のことである。昼食休憩を告げる放送が流れると、校庭にいくつかのビーチパラソルのようなものが開いたのだ。昨年までは見られなかった光景だ。校庭には日かげがないから、それぞれの家族は校舎や木のかげを見つけて移動する。そこにあざやかな色彩のパラソルが出現したので人目を引いた。けれども禁止事項にはなっていないし、不都合を訴える人もいなかったので、だれも見ただけですんだ。

ところが、さらにおどろくことがあった。正門のまえにいた用務主事の話によると、ファミリーレストランやピザ専門店の配達バイクが複数台、昼食をとどけにきたという。いずれの家族も門のまえでうけとり、にこにこしながらかかえていったらしい。それも禁止事項になっているわけではない。しかしその用務主事はおどろいた顔で話し、あらかたの教職員もおなじような感想をもらした。豊かさや利便性の享受の仕方は個人の好みであろうが、業者から学校にとどけさせることに、なんの屈託もないらしいのが腑に落ちないようであった。

校長の言う二つとはそのことである。

「……どちらのケースも、家庭の新しい形なのかもしれませんがね。こんどの学習指導要領から教科としての道徳がはじまりますから、そのなかにヒントがあるでしょう。いや、これははっきりしたことではありませんが……そうそう、きょう十月一日は自己申告書の中間報告日になっています。振替休日明けの火曜日から順に面接させていただきますので、よろしくおねがいします」

校長は口がすべったのを打ち消すように早口で言った。

さっきまでのここちよさは吹きとんでしまった。淳一は挙手しながら立ち上がった。

「校長先生、せっかくみんなが達成感にひたっているときに、その話はないでしょう。みんなわかっているんですから。それに、道徳の件は具体的に話してもいないのに、頭から肯定するような発言はおかしいと思いますよ」

いっきに言って周囲を見まわした。みんな集まってきたときより疲れた顔をしている。淳一はそこでやめて着席した。けれども、内心おだやかではなかった。

二〇二〇年から本格的に施行される学習指導要領には、道徳がはじめて教科として位置づけられる。これまでも道徳の授業はやってきた。題材は子どもの生活の中にいくらでもある。それを道徳の時間にやるか、必要が生じたときにやるかなど、とりくみ方はそれぞれだが、民主的に生きる力をつちかうには必要なものなのだ。自分の気持ちを正直に見つめ、どうすればよかったのかを考え、勇気をだして改善の一歩を踏みだす。教員はそのすべての場面で子どもをささえる。その個別のいとなみの全体が道徳である。それに成績をつけるのは人間に優劣をつけるのとおなじことだ。評定の規準をもうけること自体がまちがっている。

淳一は危惧していた。教科になった道徳で望ましい家庭生活というようなものが示されれば、きょう起こったようなことの是非も国が決めることになる。学校の教育計画は、じっさいに子どもを育てる学校がつくるものだ。この学校で起こることは、この学校の教職員と保護者に考える権利と責任がある。

ぬるくなった麦茶をのみほしたとき、淳一の危惧が少し深くなった。家庭を国の介入から守るのはとうぜんだが、その守るべき家庭のほうに、意表を突くような変化が起こっている。きょうのおどろきはむしろ、あきれたといったほうが妥当であったろう。保護者とのあいだにこんな壁があるようでは、共同の関係をきずくにもいっそうの根気とエネルギーが必要になる。来年はビーチパラソルもデリバリーも増え、あらたなことも起こるかもしれない。めんどうな話し合いを避けるには、道徳の教科書に、変革の自粛を奨励するような文言が書いてあれば便利だということになる。いまの学校には、国の入りこむ余地がいくらでもある。

「くだらないことで忙しすぎるんだ」

と、淳一は心の中で吐きすてた。

つぎの日、淳一は昼まえになってやっと目が覚めた。

「起きた？　さっき圭介から電話があったわ。お昼ごろ来るんですって」

あんぐりと口をあけてソファにすわった淳一を見て、妻の比呂美は含み笑いをした。

淳一はなにげに庭を見た。洗濯ものがもう乾いているのか、軽やかに揺れている。

「なんの用だって？」

「言ってなかったわ。日曜日だからよ、きっと」

言いながら、比呂美はすでに昼食の準備をしていた。口もとがゆるんでいる。鼻歌でも聞こえてきそうだ。息子は母親のようすを見にくるのだ、と淳一は合点した。

圭介は、車で一時間ほどのところにひとりで住んでいる。高校生のころから山登りが好きで、大学でも山岳部に入り、アルバイトでかせいだ金はほとんど登山についやした。ほかに趣味はなく、身なりにもかまわず、恋人のいる気配もない。就職活動にも積極的ではなかったから心配したが、公立の学童保育所の指導員になることができた。

しばらくして、チャイムも鳴らさず圭介が入ってきた。

「おっす」

まっくろに日焼けした顔をぬうっと突きだしながら言った。なじみのリュックサックを肩にかけている。

「あらあら、もうちょっとどうにかならないの？　そのひげ」

比呂美は嬉しくてたまらないという表情で、眉間にしわをよせた。

「母さん、元気そうじゃない。それにひきかえ、父さんはどうしたのさ」

「きのう、運動会だったの。で、めずらしく午前さまだったわけ。お昼、まだでしょ？　すぐしたくするわ」

比呂美はそう言うと、いそいそと台所に向かった。

淳一があくびしながら言った。

「夏はどこに行ったんだ」

「谷川。やっぱ、いいねえ。なん度登ってもあきないよ」

淳一も圭介ほどではないが山登りが好きで、谷川岳にも登ったことはある。群馬県と新潟県の境にある谷川岳は、急峻な岩場を多く擁する二千メートルほどの山で、圭介はなん度も登頂していた。

あいさつがわりの話が一段落すると、圭介は比呂美のほうをちらっと見て声を落とした。

「元気そうじゃない。だいじょうぶなんでしょ？」

淳一はうなずきでこたえた。

「おまたせ」と言いながら、比呂美が料理を運んできた。圭介はすぐさま皿にとりわけて口に入れ、「うん、これこれ」と頬ばった口で言い、またつぎの料理に手をのばした。

「そんなにあわてないの」

比呂美は笑いながら圭介を見ている。

「よく食うなあ。おれはまだいいや」

そう言って、淳一は新聞を読みだした。

昼食がすむと、比呂美は洗濯ものをとりこみに庭に出た。このあとアイロンをかけてたたむのがつねだ。ふたりきりになってから、圭介が話しはじめた。

「学童保育っていうのも、けっこう問題があるんだよ。学校ほどきゅうくつじゃないと思ってえらんだ仕事だけど……」

圭介の勤める学童保育所は小学校の敷地内にある。どの小学校にもそれぞれ設置されている。下校しても保護者が家にいない状況にある、四年生までの子どもを夕方五時まであずかっている。宿題をしたり、放課後の校庭で遊んだりしてすごす。

圭介が悩んでいるのは、親の労働形態の多様化にともなって、子どもとのかかわりが変化してきているということであった。母親が総合職で男性なみの長時間労働をしていたり、医師や楽団員などの専門職で勤務が不規則だったりすると、学童保育所にあずけるだけでは不足な事態が生じる。そんな日は学童保育所を休んで、民間企業が運営する「キッズベース」という施設に行く。そこは学校まで迎えにきて、習いごとがあれば個別に送迎し、宿題をさせ夕食をあたえ、夜になって家に送りとどける。けれども、利用料がかくだんに高いので毎日はあずけられない。その施設を不規則に利用すれば、学童保育所にも不規則に来ることになる。きょうはだれが来るのかを把握し、連絡もなく休んでいれば保護者に確認する。ときには子ども自身が、きょうどこに行くのかわかっていないこともあるという。一年生ならじゅうぶんあり得る。

さらに、行政が住民の要望にこたえてつくった、「学童ステイ」という制度も影響をおよぼしている。これは一日単位であずけられる制度だが、新しい施設を用意したわけではなく、学童保育所であずかることになった。「学童の子」「ステイの子」と呼んで区別するのだという。メンバーは日によってちがうので、その日の出席を確認するのもひと仕事になる。アルバイトの指導員はついたものの、落ち着いてなにかにとりくめる状況ではないらしい。

「子どもに実行委員会をつくらせて、けん玉大会なんかやりたいなあ。学校は学童とちがって、適度な大きさの固定した集団を長期間みていられる。それは魅力だよね」

「父さんから見れば、学童のほうがのびのびやれそうだがなあ」

「そうでもないさ。時間をかけるとりくみはできないし、学校より文句が言いやすいみたいだし。学校では勉強に必要のないものを持ってきてはだめだろ？　でも、キッズベースから習いごとに行く子や学童の帰りに行く子もいるから、朝から学校に持っていくしかないわけだよ。そういうところ、学校は現実を見ていないと思うよ。だから、おれらに愚痴を言うわけ」

「学校はかたいからなあ。で、学童やめて教員になりたいのか」

「まだ決めてはいない。母さんのこともあるから、学校の厳しさもわかっているしね。訴訟保険に入っている人もけっこういるらしいじゃない」

「母さんのことは考えなくていいよ。学級の数だけ教員がいて、教育実践がある。どれ一つとっても、おなじものはない」

と、淳一は言った。

訴訟保険というのは保険会社の商品で、教員が訴訟を起こされて裁判になったときの費用を補償するというものである。教育委員会の許諾を得て、保険会社がパンフレットを配布する。圭介がそれを知っているのは、配布時に両親が批判しているのを聞いたからだ。淳一も比呂美も加入しなかった。

「そうだね。やっている人がいるわけだから、どこかにやりがいを感じているんだろうし」

比呂美が居間に入ってきたので、圭介はそこで話をやめた。

「母さん、そろそろ帰るよ。山の友だちと会うことになってるから」

「つぎの計画？　登るのはいいけど、気をつけてよね。はい、これ。冷凍すればひと月くらいはだいじょうぶだから」

あんのじょう、比呂美は持ち帰らせる準備をしていた。淳一は、目を細めている比呂美をじっと眺めた。

比呂美はすでに退職しているが、それまでは小学校の教員をしていた。心身とも健康であったし、子どもを見る目はたしかで、同僚や保護者からもそれなりの信頼は得ていた。研究会への参加や組合活動にも熱心であった。子どもも生まれて忙しかったはずだが、家事や育児も楽しんでやっていた。ものごとの重要性に順番をつけるのがうまく、機をのがさず、肝心なところに肝心な手をいれることができたのだ。淳一は比呂美のことで心配したことはなかった。

ところが三年まえ、比呂美はうつ病になった。そのときは一年生を担任しながら、初任者の指導教官と学年主任をしていた。これは二学級の学年ではめずらしいことではないし、比呂美はまえにも経験している。初任者は大学を卒業したばかりの、すなおな感じの女性であった。

ことの起こりは、三学期のはじめに彼女の学級の女子がけがをしたことであった。廊下で比呂美の学級の男子とぶつかり、バランスをくずしてたおれたさい、黒板消し用のクリーナーをおいた台で頰をこすったのだ。傷は五ミリほどだったが、女子が泣いて痛がったので、彼女は保健室に連れていった。養護教諭は手あてをしたあと、女子の顔のことだから連絡帳でわびたほうがよい、と若い彼女に助言した。彼女はそうした。そして、比呂美にも管理職にもすぐ報告するほどのことではないと考えた。

けれども、それではすまなかった。けがをした女子の母親は、なぜそのときすぐ知らせなかったのか、相手の親から謝罪の電話もないのはなぜなのか、学校の安全管理はどうなっているのか、など、帰宅した娘の頰にはられた絆創膏を見、連絡帳を読んで、すぐさま校長に電話してきた。おどろいた校長は彼女と養護教諭と比呂美の三人を呼び、けがをした場所まで行って説明を求めた。養護教諭が傷あとは残らないだろうと言うと、校長は「そんなことは問題ではない」と一喝した。それからは、校長主導で善後策が講じられた。

淳一はそのころ、そこまでのことは比呂美から聞いていた。そのあとの保護者対応は適切だと思われたし、傷も順調に回復しているらしかったから、母親も落ち着くにちがいなかった。だが、そうはならなかったのだ。まるで土砂崩れが起こったかのように、事態は急激に悪化していった。

淳一がその変化に気づいたのは、比呂美がうける電話のようすからであった。若い担任に向けるだけではおさまらなくなったのか、その母親は、学年主任の責任をも追及するようになった。電話は床についてからのこともたびたびであった。比呂美はいつもおなじようなことを話したが、相手が納得していないのはあきらかであった。比呂美はしだいに、だまって聞くだけになった。そのうち淳一にも話せなくなり、淳一のほうもききだすことができなくなった。修了式が終わると状態はいっきに悪化し、入院させることにした。そのころは人がそばにいてもいなくても意識せず、人と物の区別さえつかないようであった。淳一は三十年近くいっしょに暮らしてきた妻を、まるで置物を見るように見ていた。比呂美は近よりがたい孤独の中にいた。

「父さん、帰るよ。もう若くないんだから、むりするなよ」

圭介の声がした。そばにリュックサックを持った比呂美が立っている。

「ああ、おまえも用心しろよ」

と、淳一はわれにかえって言った。


振替休日も明け、学校に日常が戻ってきた。きょうは一時間目に作文を書かせる予定だ。おそらく、どの学級でも作文を書くだろう。

始業まえに教室で原稿用紙を補充していると、二組の担任の本郷祐次が入ってきた。新規採用の青年で、淳一は彼の指導教官になっている。

「おはようございます。運動会の作文は、なに作文になるんですかね」

「なにって、作文だよ」

「ですから、意見文とか感想文と報告文とか、そういうジャンルでいうと」

「作文、ただの作文。だいたい、四年生が意見とか感想とか報告とかを意識して書けると思うかい？　自分の気持ちを見つめて、人につたわるように書く。それだけだよ」

「つまり、生活文ですね。それを順序よく書くわけか。じゃあ、プログラムがあったほうがいいですよね」

「なんで。順序よくというのはプログラムの順番のことじゃなくて、自分の書きたいことを順序よく書くってことだろ？　プログラムを書き写すようじゃ、なんにもならないよ。作文はほかの授業よりずっと、人格の完成に直結している学習なんだからね。ほら、教育基本法にも人格の完成をめざすって、ちゃんと書いてあるだろ？」

祐次は首をかしげた。

「まえの、いいほうの教育基本法にはちゃんとそう書いてあるんだよ。それをかってに人材の育成にかえてしまったんだ。おかしいだろ？　おかしいんだよ」

「だけど、そんな作文、どうやったら書けるんですか？」

「たとえば、長い題をつけさせる。うまくおどれたソーラン節、はじめて一等になれた八十メートル走、というぐあいに、気持ちを象徴する言葉を上につけると、自分の気持ちの焦点が見えて、それに必要な場面をえらぶことができる。だから文章がしまってくるのさ」

「そうか、書きはじめるまえにじっくり考えさせるわけですね。やってみます」

「まあ、がんばれ」

淳一は、祐次のすなおさに少しくとまどいながら言った。初任者研修では作文について、淳一のような考え方を指導しているはずはなかった。

かつて、大学を卒業したにもかかわらず、新入社員の書く文章の意味がつうじないというので、小学校から目的別の作文を書かせる指導をするようになった。そのうちに「書く」よりまえに「聞く」「話す」もできていないといわれるようになって、国語の教科書にもさし絵を見て目的地までの行き方を説明させるような単元が増えた。さらに二〇二〇年施行の学習指導要領では、人間どうしの会話というより、ロボットを動かすために指示するようなもれのない文を書くことを、プログラミング学習と呼んで進めようとしている。

文字をくみあわせてつくる言葉は意味を持ち、言葉を並べてつくる文は場面を生む。文を集めてつくる文章は世界をつくり、行間まで見えるようになる。それは人間に特有のいとなみだ。言葉をなおざりにすれば、大きなしっぺ返しをくらうだろう。

その日の放課後、二年生担任の鏑木里子が、けわしい表情でなん度も廊下を行き来しているのを見た。里子もまた、初任者の指導教官をしている。温和で誠実な印象の高橋一樹という青年だ。一校に複数の初任者がいるのもめずらしくない。

「鏑木さん、どうかしたの」

淳一は心配になってうしろから声をかけた。里子はふりむいて大きなため息をついた。

「あした、高橋さんの面接なんですよ。保健室に行った子どもの数を調べていないというから、わたしが調べにいくところです」

「なんで、そんなの調べるわけ?」

「彼が自己申告書の目標に、保健室に行く子どもを一週間にふたり以内にするって書いたんですよ。まあ、ゼロとは書けないですからねえ。運動会の練習でけがをした子も多かったし、忙しくて毎日チェックできなかったんでしょうけど。わたしにはわたしの面接があるというのに」

「なんで、そんなこと書いたんだろうなあ」

「なんでって、数値目標を書けって、校長に言われるじゃないですか。初任者に対してはとくにそうですよ。わたしは岡本先生みたいな信念はありませんから、そんなの無視していいなんて言えません」

里子は言いすてて足早に保健室に向かった。

淳一は里子を見送るしかなかった。おいかけて話をつづけても嫌悪されるだけだ。いまの学校では、なにかの本質を考えるような、「そもそも論」を展開する場も機会もうしなわれている。上意下達で教員を動かし、人事考課制度をつかって管理している。

人事考課制度が導入されて十年以上になる。はじめは校長が対象であった。教育委員会が校長の業績を四段階に評価し、最下位グループの給料を減らして、最上位グループにわりふるというものである。組合はそれに反対し、教育委員会との交渉でもとりあげてきた。けれども、校長の中から異議を申し立てるものはいなかった。むしろ「わたしに仕事をさせてください」と、教員に週案簿の提出を懇願する校長も出た。その点検と指導が校長のめいかくな仕事になったのだろうが、たしかにそのころから、週案簿の提出が厳しくいわれるようになった。

それから二年後、ふつうの教員にも人事考課制度が導入された。給料のわりふりは校長とおなじしくみだが、教員の自己申告書の点検と評価も校長の仕事になった。より緻密な評価をするほうが職務に熱心だと見られ、校長の評価は高くなる。教員の自己申告書に数値目標を書かせておけば評価もしやすい。

「そうか、面接をはじめたのか」

と、淳一は思った。

淳一は職員室に戻り、めずらしくパソコンのまえにすわった。自己申告書に中間報告を入力するためだ。はじめは順調にキーをたたいていた。ところが、どうしても指定された枠から二文字はみだしてしまう。文をかえてみたがやはりはみだす文字がある。淳一は祐次の教室に向かった。

「忙しいのにわるいね。パソコンが言うこときかないんだよ。手書きならさあ、終わりのほうをちょっと小さく書けばすむのに、パソコンって不便だよねえ」

「ぼくはかまいませんけど、自己申告書を人に見せていいんですか？」

「ぜんぜん、かまわない。なんなら、かわりに書いてくれてもいいよ」

祐次は歩きながら苦笑した。

祐次はなんなく修正した。その枠の文字だけいくらか小さくなっている。

「岡本先生、ぼくとおなじ用紙なんですか？」

「ちがう人がいるの？」

「主任教諭のものは、ここに『主任教諭用』と書いてあるらしいですよ」

「へえ、知らなかったよ。おれは主任教諭じゃないんだ。出世はしたくないし、子どももまあ自立したから、給料が上がらなくてもかまわないんだ。だけど、きみらはこれからだもんなあ。いや、ありがとう。たすかったよ。で、きみの面接はいつ？」

淳一は、祐次もデータ集めに苦労しているのではと案じていた。

「あさってです。でもだいたいできています。あす、子どもにアンケートをとれば終わりです。それから作文のことですけど、みんな、題を決めるときから真剣で、いっしょうけんめいに書いていていましたよ。あれ、いい方法ですねぇ」

と、祐次は明るくこたえた。

淳一は嬉しかった。それだけに、若い教員が事務にエネルギーをつかうのが惜しくてならなかった。

学校はまるで、校長を頂点とする階級社会だ。教頭が副校長になり、主幹教諭が新設され、さらに主任教諭ができた。これは互選や校長の任命で決まる教科主任や学年主任とはちがい、面接試験をうけて昇任するものだ。給与体系もふつうの教員とはことなる。ふつうの教員は昇給額も小さく、早い時期から昇給が打ち止めとなる。毎年昇給したいなら、主任教諭になるしかない。つまるところ教員には五種類の給与体系があり、それぞれの枠の中で人事考課が行われ、給料が減る人と増える人がいるということだ。

管理職はこれまでも教職員を管理してきたし、それは彼らの職務でもある。体調がすぐれないものがいれば受診をすすめ、子どもの指導や保護者対応に苦慮しているときは助言をあたえ、有効な措置があるなら手配し、学校が好ましく機能するようにしていかなければならない。

しかし現実には、必要な管理はせず、してはならない管理を強引に進めている。しかも、校長がくだした評価を給料に反映させるのだから、これまでになかった上下関係がうまれ、校長は教員の代表ではなくなり、教育行政の最末端として教員とむきあうという図式ができあがった。校長は雇用主ではない。子どもの教育にあたる一員なのだ。

教育は本質的に共同作業であり、運動である。そのいとなみの中から、個人の功績や失敗を抽出することなどできないのだ。人事考課制度はそれをやっている。

淳一は自分の自己申告書の件が解決して、もうすんだような気分でいた。校長との面接などどうでもよい。ただ、鏑木里子と高橋一樹のことは気になっている。

（二）

翌朝、電車をおりると徒歩で学校に向かった。バスも通ってはいるが、四十代になってから高血圧症とわかり、医者に歩くように言われているからだ。毎朝降圧剤の服用も欠かせない。

教室で授業の準備をして職員室に戻ると、黒板に「伊東先生不在」と大きく書いてあった。養護教諭の伊東登志子が出張や休暇でいないときは、こうやって教員に知らせる。小さなけがなら担任が手あてし、判断にまようときは管理職に相談する。

　朝の打ち合わせがはじまるとき、校長室から校長だけでなく、副校長と二年生担任の鏑木里子がいっしょに出てきた。話をしていたようだ。里子の表情がかたいのは、高橋一樹のことで、人事考課の面接を延期してほしいとでも申し入れたのだろうか、きのうの立ち話が脳裡に浮かんだ。

「おはようございます。きょうは面接の二日目です。短時間で効率よく進めたいので、準備かたよろしくおねがいします」

　校長のあいさつのあと、担当者からきょうの予定の説明があり、さいごに副校長が養護教諭の不在を口頭でもつたえた。打ち合わせが終わると、副校長はいつもとちがって着席せず、里子のそばに行ってプリントをうけとった。それは補教カードというもので、担任が不在のときにかわって授業する教員にわたされる。内容を書くのはおなじ学年の同僚だが、補教者の手配をするのは校務分掌で決まっている担当者で、空き時間のある教員をさがして依頼し、黒板にその予定を書くことになっている。

　そのとき、淳一は一樹がいないことに気づいた。打ち合わせの時間に教室にいるとは考えられない。黒板を見ると、一樹は休暇になっていた。はじめてのことだ。いっぽう、登志子の名前は出張の欄にも休暇の欄にも書かれていない。さらに、一樹の学級には下校までずっと、副校長が補教に入ることになっている。こんなことはめずらしい。これらのことがどこかで結びついているのかもしれない。淳一は気になりながらも教室に向かった。

　二時間目が終わると中休みになる。淳一は一樹のことが気になり、同期の祐次からなにか聞けるかもしれないと思って廊下に出た。ちょうど、数人の女子が祐次を囲んで話しているところだった。

「先生、さっき翔馬たち、五十冊以上のとき、手を上げたじゃん。あれ、うそだよ。カードにごまかして色をぬったんだよ」

「そんなことないだろ。だって先生は毎週、みんなのカードを見てきたじゃないか。計算するのはみんなにやってもらったけど」

「ほんとうだもん。朝自習の時間にささささってぬってるの見たんだから。それにさあ、翔馬たちが読んでるのは絵本ばっかだよ。一年生が読むようなやつ」

「そうやって数を増やしているんだからね。先生は知らないんだよ。図書の時間にはいつも書類みたいの書いてるでしょ？　見てないから、簡単にごまかせるし」

「漫画と図鑑は数に入れちゃだめでしょ？　それはしかたないと思うけど、おなじ本をなん回も読むのはどうしてだめなの？　わかんないよ」

「それは、できるだけ多くの本を読んでほしいと思うからだよ」

「だって、好きな本はなん回読んでもおもしろいよ」

「わかった、わかった。先生も考えてみるから」

祐次は淳一に気づき、女子たちに外に出るようにうながした。

どうやら、きのう祐次が言っていたアンケートのようだ。事情をきいてみると、九月までに読んだ本の数を挙手でこたえさせたのだという。四月の時点で自己申告書に読書の目標数を書いたので、その中間報告のために数が必要だったのだ。

「まいりましたよ。図書の時間は研修報告書なんかを書くのにあてているので、見ていないのはほんとうです。それに、あんなふうにごまかしているなんて思わなかったです。おなじ本をなん回も読むのはなぜだめなのか、ちゃんとこたえられなかったし」

祐次は頭を掻きながら言った。

「そんな調査、きみがてきとうに書いとけばいいんだよ。校長さんだって、いちいちたしかめたりしないさ」

「でも、それじゃ……」

「きみがごまかすか、子どもがごまかすか、どっちかしかないだろ？　その数字だって根拠があるわけじゃないんだし。それに、数値化しちゃならないものもあるんだから、それをまちがえると、子どもを管理することになるからね。守るほうの管理じゃなくて、縛るほうの管理」

「そうですね。自分の目標のために子どもに嘘をつかせるようじゃ、なんのための目標か、ということですよね」

「きみの、そのまっすぐなところ、先生にむいてるねえ。すごくいいよ」

淳一が言うと、祐次ははにかんだ。

そのとき、休み時間の終了を告げるチャイムがなった。淳一はいそいで言った。

「きょう、高橋くんが休暇なんだけど、なにか聞いてないかい？」

「えっ、休暇とってるんですか。なにも聞いていません。岡本先生、なにか心配していらっしゃるんですか」

「いや、それならいいんだ」

淳一はわるいことをきいたような気がした。

同期のふたりはいっしょに食事をすることもあるだろう。そこではとうぜん、仕事の話が出る。祐次はたしかなことは聞いていないようだが、思いあたるふしがないわけでもなさそうだった。

淳一は昼休みに保健室に行った。職員室をのぞいたとき、「伊東先生不在」の文字は消してあったから、戻っているはずだ。登志子が一樹のことにかかわっているような気がしてならない。

登志子は淳一と目が合うと、用件を見ぬいたようにため息をついた。

「高橋くんになにかあったんだね」

淳一と登志子はおなじ組合員で気心がしれている。

「通勤のとちゅうでたまたま見かけたの……」

それは学校に近いバス停でのことだった。登志子も一樹もそこで下車する。いつもなら一樹のほうがずっと早いのだが、けさ登志子が下車すると、少し歩いたところにある茂みの中に一樹がいたのだという。灌木にもたれ、足をなげ出してうつむいていた。登志子が声をかけても返事はなく、顔面蒼白で目はうつろであった。一時間近く経っているはずである。登志子は尋常でないものを感じた。とうてい学校に連れていける状態ではない。校長に電話して相談し、救急車を呼んだ。そして同乗して行ったのだった。

「過労だけじゃないんだろ？」

「ええ、メンタルのほうが大きいと思う」

登志子ははっきりとは言わなかったが、それはうつ病を意味しているのかもしれない。比呂美がうつ病と診断され、けっきょくは退職したことを登志子は知っている。それで言葉をにごしたのだろう。

「校長とは話した？」

「眉間にしわをよせて聞いていたわ。うちは病休者がいないというのが自慢の人だから」

「そんなこと言ってる場合じゃないよ」

「ええ、わたしも言うだけのことは言ったわ」

登志子は、中途半端に休むのでは快復はむずかしいと考えていた。病気休業の代替講師は、一ヵ月以上の休業でなければつかない。診断が出てから探してもまにあわないだろう。ちかごろの講師不足は深刻なのだ。講師が見つかるまでは、できるだけ補教に入る人を固定したほうがよい。

「さしでがましいと思ったけど言っちゃった。だって、言わなきゃ動いてくれそうにないんだもの。それと、高橋さんの家族にも知らせたほうがいいと言ったの。退院してからマンションにひとりでいるのも心配だし」

と、登志子は声をおとした。

淳一も比呂美におなじ心配をした経験がある。入院ちゅうは看護師たちの目がとどいていたが、自宅療養になるとひとりでいることが多くなる。半年ほど経ったころ、不安傾向が強くなったことがあった。きゅうに活動的になって喜んでいたのだが、それはよくない兆候であった。再入院はさせたくなかったので、子どもや比呂美の妹にも協力を求め、家にいてもらうようにした。

一樹は近県の出身だ。連絡すればきょうのうちに家族が来るだろう。

「校長は病院に行ったんだろうね」

「まだ。いまは検査をしていると思うし。校長会の帰りによるそうよ。そのときならなにかわかるかもしれない。わたしももう一度行ってみるつもり、岡本さんも行ってくれないかしら。相談することもあるだろうし」

「いいよ。本郷くんにも声をかけてみるよ。同期だから心配してると思う」

と、淳一はこたえた。組合員はふたりだけだ。状況の認識がちがっていてはならない。

「ほんとうのことをいうと、予感はあったの。二学期になってから、高橋さんへんだったもの。こだわらなくなったというか、ぬけがらみたいに見えた。プツンと切れてしまうような、なにかがあったんじゃないかしら。それに、鏑木さんのことも心配なの。初任者もたいへんだけど、指導教官はもっとたいへん。ふたりともまじめだから、それが裏目に出ているような気がする。まじめな先生が苦しくなるような学校って、ぜったいおかしい」

登志子はそう言い、椅子に深く腰をおろした。


勤務時間が終了すると、淳一と祐次と登志子はつれだって病院に向かった。三人はタクシーの中で無言であった。容易ならぬ事態におさえつけられたように、深く沈みこんでそれぞれの思いにふけった。

受付でたずねると、一樹は三階の内科病棟にいると知らされた。たずねた病室は四人部屋であった。名前を確認してノックしようとしたとき、いれかわりに中から校長と里子が出てきた。いっしょに来たのかどうかはわからない。校長は三人の顔を見てしゅんじ表情をこわばらせたが、気をとりなおすようにはっきりとした口調で言った。

「いまは薬で眠っている。このところ、ほとんど眠れていなかったようだ。おちついたら専門の病院に移ることになるそうだ。長びきそうだから、講師の手配をすることにした」

病名は言わなかった。診断は専門の病院がくだすということだ。危惧していたことはあたった。祐次は思いなしか青ざめている。

校長の事務的な口ぶりのかげに、いらだちが見えかくれする。講師の手配を副校長に指示し、自分の仕事はすんだと思うだろう。

「講師が見つかるまでは、副校長か主幹か、決まった人が二年二組に入るようにしてくださいよ。場合によっては、校長さんも補教に入ってくれますよね。保護者も学校としての対応をちゃんと見ていますからね」

「そんなことは、言われなくてもわかってますよ」

淳一が言うと、校長は露骨に不愉快な顔をしてこたえ、エレベーターのほうへ歩きだした。その姿が少しはなれてから、淳一はうつむいたままの里子に声をかけた。

「校長になにか言われなかった?」

「このままじゃ、高橋さんの本採用はむずかしい、と言われました」

里子はくちびるをかみしめた。

「えっ」と登志子が声を上げ、祐次は目を丸くした。

淳一の全身の血が逆流するようであった。

比呂美が精神のバランスをくずした直接の引き金は、いま聞いた校長のひと言とまったくおなじ言葉であった。指導教官としてささえてきた、初任者の道が閉ざされたとわかったときだ。保護者からのはげしい追及をうけながらも、彼女と比呂美はもちこたえていた。ところが三月のなかばになって、校長が言ったのだ。そのときはすでに本人には話してあったようで、彼女は年度末で依願退職した。

比呂美は修了式が終わって帰宅すると、そのまま動けなくなった。翌日、淳一がつきそって受診し、入院となった。校長が口にしたひと言を、比呂美はだれにも言えなかった。ずっとあとになって主治医に話し、淳一はその主治医から聞いた。この場面でおなじ言葉を耳にしようとは。

淳一の指先はふるえ、なにかにつき動かされるように校長をおいかけた。校長はまだエレベーターのまえにいた。

「校長さん、話があります。高橋さんの本採用がむずかしいなんて、いまの時点でなぜいえるんですか。初任者指導の責任は校長にあるのに、みずからそう口にするのは無責任ですよ。なんとかしてやろうとは思わないんですか。それに、鏑木さんがどれだけ傷つき、自信をなくすか、考えてくださいよ。教職員の健康もふくめ、学校がうまく機能するように管理するのが管理職の仕事でしょう。あなたのやっていることは、追いつめることばかりだ」

「わたしだって好きこのんで厳しくしているわけじゃない。言われているとおりにやっているだけだ」

「つまり、校長さんだって不本意なことをさせられているわけでしょ？　だったら、教育委員会にもの申してくださいよ。われわれもいっしょに言いますから」

「そう、簡単なものじゃ……」

校長は言葉をにごし、下りてきたエレベーターに乗りこんだ。

淳一はにがにがしさをかみ殺して病室のまえに戻った。校長とのやりとりをつたえなければ、里子が告げ口をしたと思われ、あとでいやみを言われかねない。淳一が一部始終を話すと、意外にも里子は「いいんです、もう」と言った。生気をうばわれてしまっている。ふと、比呂美もこんな顔をしたのだろうか、と淳一は考えた。

「顔だけでも見ていこうか」

淳一が言って、祐次と登志子もいっしょに病室に入った。しきりのカーテンを少し開けてみると、一樹は泥人形のような顔で眠っていた。動いているときとはまったくちがう。背中にこの顔をはりつけて働いていたのか。

「でも、朝よりよくなっている」

と、登志子が小声で言った。

「苦しかったんだなあ、かわいそうに」

淳一には比呂美と一樹がかさなって見えた。

三人は病室を出たものの、すぐには立ち去りがたかった。やがて、里子が話しはじめた。

「二学期に入ってから心配はしていました。一学期とはようすがかわっていましたから。変化が急すぎたし、運動会の練習ははじまるし、話す時間もとれず、あっというまにきょうになりました。研修日誌にも週案簿にもなにも書いてありません。いったい、高橋さんになにが起こったのでしょうか」

一樹の心にはにごった水が少しずつたまっていたのだ。そしてきょう、それがあふれてしまった。こうなったらもう自分の口では語れないだろう、と淳一は思った。比呂美もそうだったから。

登志子はだまって、里子の背中をさすっていた。

「本末転倒の仕事が多すぎるんだよ、学校は」

淳一が放言すると、祐次も大きくうなずいた。初任者研修もそれなりにこなし、愚痴をこぼすこともないが、あんがい疑問を感じているのかもしれない。

そのとき、一樹の母親とおぼしき人が大きなバッグをさげ、いそぎ足で病室に向かってきた。五十前後の温和な印象の人だ。面立ちが一樹によく似ている。里子の顔を認めると、ていねいに会釈して歩みよってきた。

「鏑木先生ですね。このたびはご迷惑をおかけして、もうしわけありません」

「そんな。わたしのほうこそ、気づいてあげられずにもうしわけなく思っております」

里子がわびると、母親はそれを否定した。しかし、それだけが本心のようには見えなかった。

青天の霹靂といううけとめ方ではなかった。形をなさない不信感が顔を出そうとしている。

「会ってきますので」

と言って、母親はしずかに病室に入った。

「はじめての学校公開の日に、見にいらしてたの。心配だったんでしょうね。わたしにもていねいにあいさつしてくださったの」

里子は病室を見ながら言った。

むかしは、親が教員になった子どもの仕事ぶりを見にくることなどなかった。出生数が減ってきて、手をかけすぎる親がいるのはいっぽうでたしかだが、この母親の気持ちはそれだけではあるまい。学校はもうながいこと、冬の時代にある。教員になる夢はかなったものの、中に入ってからもその夢を持ちつづけられるのか、そこに不安を感じているのだ。

少し経って、母親は出て来た。目が赤かった。

「しばらく眠らせてやろうと思います。事情は電話で副校長先生からうかがいました。保健の先生が気づいてくださったそうで……あ、こちらが、ほんとうにありがとうございました。じつは電話で、夏休みに一日も休めないと申しますので、お盆をすませてからわたしのほうが出てまいったのですが、とても疲れているようだったので、半月ほどいたのです。でも、家のほうも気になったものですから……あのまま帰らなければよかったと後悔しております。仕事はかわってやれなくても、食べることくらいは……」

里子は涙をこらえながら、母親の話を聞いていた。

教員にも五日間の夏休みはあるし、たまった休暇を子どものいないこの時期に消化する人も多い。四十二日の夏休み期間に、一日も休めないとしたら、尋常ではないと思うのがふつうであろう。夏休み期間の土日さえ仕事をしているということだ。なぜそんなに働かなければならないのか、母親にはそれを知る権利がある。

「わたしはしばらく滞在するつもりでおります。これから、お医者さまの説明を聞きますので、きょうのところはこれで」

母親は頭を下げて、一歩踏み出した。けれどもすぐ立ち止まった。

「息子は子どものころから小学校の先生になるのが夢でした。それがかなって、とても喜んでいたのです……あの子はまじめで優しい子なんです。それだけではだめなんでしょうか。なにが足りないのか、わたしにはわかりません」

母親は声をふるわせた。

尋常でないものをたしかに感じながら、その正体がつかめず、見聞する若い教員の痛ましいニュースと息子がかさなる不安にたえている。安易なはげましなどできるものではない。母親の心にとどいたとき、どの言葉がどのように作用するのか、いまは想像がつかない。だれもが綱渡りのような緊張感の中にいて、言葉を探しあぐねていた。

「二年二組の子どもたちはさびしがるでしょうが、みんなでしっかりフォローしますから、その点は心配なさらず、ゆっくり休ませてあげてください。ぼくらがもっと早く気づいていれば……ほんとうにもうしわけありませんでした」

と、淳一は言った。

「ありがとうございます。どうか、よろしくおねがいします」

母親はハンカチで目頭をおさえながら言い、ナースセンターのほうへ歩いていった。そこでどんな話を聞くのだろうか。

そのうしろ姿を見送ってから、四人は喫茶店に行くことにした。やるべき仕事は待っているが、つぎの行動を起こすには気持ちが萎えていた。深刻な事態が起こっている。その事実にうちのめされ、沈みこんでいられるような時間と場所を求めて、病院をあとにした。

通りから奥まったところに古い喫茶店があった。明るすぎず広すぎず、おちついた雰囲気であった。さいわいにも客はなく、ベレー帽をかぶった年配の店主が本を読んでいる。すみのテーブルに時代おくれのソファがついている。腰を下ろすと深く沈んでいった。四人はそろって背もたれに体をあずけた。やっとひとごこちがついた。ショパンのピアノ曲が清涼剤のように耳に入ってくる。

注文したコーヒーが運ばれてきた。口にふくむといくらか気持ちがたしかになった。

「二組の授業の準備、ひとりじゃたいへんだからてつだうよ。えんりょなく言ってよ」

とうとつな感じで淳一が言うと、祐次も「印刷くらいならぼくでもできますから」とつけたした。

しばらくは、けさからいままでの話をした。登志子はもうなん度も話しただろうが、いまだ興奮さめやらずといった感じで説明した。九月は水泳指導と運動会の練習があって、学校全体がざわついている。学年会での話も、行事をどうこなしていくかに集中してしまう。そんななかでも、里子と登志子はばくぜんと、一樹の変化に気づいていたようだ。

里子が体を起こしてつぶやいた。

「二学期になるまえに、きっとなにかあったんだと思います。仕事が多いだけじゃないような気がしてならないんです」

登志子も同意するように大きくうなずいた。

淳一は一樹の変化に気づいていなかった。繊細な印象があって、そこが低学年にむいていると思っていた。しかし考えてみると、二学期になってからは、休み時間に子どもと遊んでいる姿を見ていない。運動会の準備で忙しいだけではなかったのだ。

「あの、もしかしたらですけど、校長先生の訓話を聞いてからかもしれません」

と、祐次が考えながら言った。

「それ、いつ？　くわしく話して」

「夏休みのなかばころです。初任者研修の一つで、高橋くんとぼくが呼ばれました」

祐次によると、校長の話は服務にかかわることで、眠気をこらえながら聞いていたのだが、終わりに校長が口にしたことに、一樹が衝撃をうけていたのだという。

「なんて言ったんだい」

淳一は聞くまえから腹を立てていた。

「きみたちは、先生が授業をするなんて思っちゃいけない、教育公務員が授業をするんだって」

聞いていた三人は思わず顔を見合わせた。

「え、おれは先生になりたかったわけで、教育公務員になりたかったわけじゃない。それは、おれたちの身分をさすだけの言葉じゃないか。なにかい、これからの子どもは作文に「将来は教育公務員になりたいです」って書くわけ？　おかしいよ。教育は行政から独立していなくちゃいけないのに、進んで軍門にくだる……」

「で、高橋さんはなにか言ってた？」

登志子が淳一の弁をさえぎってきいた。

「いま、岡本先生がおっしゃったようなことです。あ、前半の部分ですけど。それからときどき、自分のやりたいことはこんなことじゃない、と言うようになりましたね。書類書きがいちばんいやだったようです。こんなことより教材をつくりたいって言ってましたから。じつをいうと、ぼくは教育公務員という言葉にあまり抵抗感はないんです。でも高橋くんは、なんていうか、詩人なんですよ。ぼくなんかの感じないことを強く感じるし、表面だけを見るんじゃないし、だから、子どもを見る目が優しいんだと思います」

　と、祐次は言った。里子はそれをうなずきながら聞いていた。

「わかるような気がします。高橋さんの学級にいつも提出物のおくれる男子がいるんですが、その子は自分のせいにして母親をかばうんですよ。高橋さんはその子のことを、いじらしい、と言ったんです。学校で耳にする言葉じゃありませんよね。わたし、はっとさせられました」

「校長の言葉で、さいごの砦だった子どもとの関係までうばわれたように感じたのよ、きっと。高橋さんになにが足りないのかなんて、わたしにもわからない」

「足りていないのは教育行政のほうだよ。だから、がんばるほど苦しくなるし、つぶれずにやっていこうとするなら、うまくかわすか、ごまかすかしかなくなる。そんなの、おかしいだろ。教育にロマンがなくなったら、人間のいとなみじゃなくなるよ」

　登志子は吐息するように言い、淳一は身を乗りだして言った。

「わたしは、高橋さんの評価が下がらないようにと思って、校長さんの指示どおりに支援してきました。彼の将来がかかっているわけですから。それがいけなかったんでしょうか」

　里子はくちびるをかんだ。

「そんなことない。わたしもなんとなく気づいていたのに、もっと早く、鏑木さんにつたえるべきだったのよ」

「ぼくは鈍いから、こんなことになるなんて思わなくて……」

登志子も祐次も後悔した。

「気持ちはわかるけど、みんなが自分の責任だけを見ていたら、本質的な責任を見逃すことになるよ。ぼくらの仕事に百パーセントの成功はない。たがいの失敗や後悔をおぎなったり、はげましあったりするのが、教員の文化だと思うよ」

淳一は自分でも、むずかしいことを言っているとわかっていた。比呂美にはそれがとどかなかったのだから。

四人は店を出て学校に戻った。淳一と祐次は里子をてつだって、二年二組の授業の準備をする。里子はそのほかに、給食や掃除のことも頭にいれておかなければならない。学級担任にはこまごまとした仕事が限りなくある。

かえりぎわ、副校長に代替講師の件を打診したが、渋い顔で首をふった。やはり、簡単には見つかりそうにない。専門の病院で診断がついたら、保護者に知らせるつもりだという。校長はすでに退勤していた。

淳一はいつもより遅い時間に帰宅した。

「おかえりなさい。あたしもいま帰ったところなの。すぐに夕飯のしたくをしますね。さきにお風呂にしたら？」

比呂美がいつもよりはずんだ声でむかえた。淳一のくすんだ心が少し明るくなった。

風呂から上がって食卓につくと、比呂美が缶ビールとつまみを持ってきて、夕飯のしたくにもう少し時間がかかると言った。ふだんより手をかけているようだ。

「きょう、三回目の憲法カフェだったの」

「そうか、楽しかったんだね」

「ええ、とても」

台所から、はりのある声がかえってきた。

憲法カフェというのは、憲法について考えようという主旨で、地域の女性たちがつくったサークルである。政権党が憲法改正をおおっぴらに口外するようになり、その草案を発表したことから、こころある人たちのあいだで不安が高まっている。このサークルでは、現行の憲法と政権党の出した草案を、じっさいに条文の一条ずつを読みくらべている。比呂美は知人にさそわれて参加するようになった。比呂美に相談されたとき、淳一はまよわず賛成した。

「きょうは、三章の『国民の権利及び義務』というところに入ったんだけど、とんでもないことが書いてあるのよ。いまの憲法に書いてある『公共の福祉に反しない限り』というのがなくなって、『公益及び公の秩序に反しない限り』となっているの。まったく意味がちがってくるでしょ。国民の上に国家をおいているんだもの、なんだかぶきみよねえ。わたし、九条を守ることばかり考えていたけど、九条を守れても、あんな憲法じゃ、すぐに全体主義国家になってしまうわ。まだ三章に入ったばかりでこれだもの、ぜんぶ読んでみたら……」

比呂美はしだいに興奮してきた。

淳一ははじめ、話のなかみに興味をひかれていたが、だんだん比呂美のようすが気になりはじめた。むちゅうになりすぎている。自分でも抑えられなくなっているのではないか。

淳一の脳裡に一つの情景がフラッシュバックした。比呂美が退院して半年ほど経ったころである。服薬をつづけながら定期的に通院し、じょじょに日常生活をとり戻していたのだが、冬のはじめ、比呂美の行動がとつぜんかわった。

ある日、淳一が帰宅すると、リビングに大きくふくらんだ紙袋がいくつも置いてあった。発病後は車の運転をしていないから、どうやって持ちかえったのかといぶかるほどの量だ。なかみはどれも毛糸であった。

「寒くなるまえにセーターを編もうと思って」

と、比呂美はこたえた。ひさしぶりに見る文句なしの笑顔であった。

淳一も喜んだ。好きなことを楽しむのはよいことにちがいない。もともと好きだったのが、退職してやっとできるようになったのである。比呂美は淳一のセーターを編み上げると、息子や実家の両親、妹の寸法まで聞きだして編んでいった。

けれども淳一は、比呂美の姿にふつうではないものを感じるようになった。猛烈なスピードで、一心不乱に編みつづけるのだ。昼も夜もなくなり、とうぜん朝は起きられなくなった。生活が乱れ、精神も不安定になった。自制できなくなったのだ。家にひとりでおいていくのが心配になり、息子や比呂美の妹に交代で来てもらうことにした。できるだけ入院はさせたくなかった。

　しかし、夜は淳一とふたりだけになる。簡単な会話はできるし、予測のつかない行動をとることはなかった。ただ、一点を凝視していることがよくあった。無表情で淳一がいることにも気づかない。そしてときどき、奇声を発して耳をふさぐ。思い出したくないことだけを思い出しているように思われた。なにも寄せつけない。絶対的な孤独の中にいるようであった。

　いま比呂美は、あのときとおなじ、文句なしの笑顔を見せている。楽しみながら、楽しいことにのみこまれていくのではないか。そしてそのさきには、あの絶対的な孤独があるのではないか。ふと、風の音が聞こえたような気がした。だんだん近づいてくる。

「松の風　夜昼ひびきぬ　人訪はぬ　山の祠の　石馬の耳に」

　石川啄木にこんな歌があったな、と淳一は思った。その石馬の耳にひびく風の音が、淳一にはたしかに聞こえた。比呂美にむかって吹く風であった。

「それでね、つぎの回から報告者になってくれないかって言われたの。みんなで読み合うわけだから、予習をしておくくらいのことだけど。やれるかしらね……ね、あなた、わたしにやれると思う？」

　比呂美は返事を催促した。やりたいのだ。

　淳一は逡巡した。あのときからもう二年経っている。おなじようになるとは限らない。懐疑心からやめたほうがいいと言えば、比呂美は自信をなくすだろう。

「ああ、やれると思うよ」

淳一が言うと、比呂美は満面の笑みを浮かべて淳一を見た。

そのとき、風の音がいちだんと大きくなった。

# 四章　重き靴音

## （一）

秋雨前線の影響なのか、ここのところ、ぐずついた天気がつづいている。休み時間に校庭に出られないと、子どもたちはエネルギーを発散できない。体育館を使える日は曜日によって学年が決まっているし、使える日であっても、ふだんの体育のときより多い子どもが集まることになる。けっか、教室であっても体育館であっても、教員の口出しが増える。

小林伊都子は改札口を出て朝の空を見上げた。またふってきそうだ。眉間にしわをよせて折りたたみ傘を出した。ふと、九月十九日の国会議事堂まえの集会に参加したときのことがよみがえってきた。まだ半月も経っていない。あの日も雨だった。参加者の色とりどりの傘が一面をうめつくし、青海波（せいがいは）のようにうねっていた。そのなかで、雨に消されそうになる声をふりしぼってシュプレヒコールをあげた。思い出すと、いまでも胸があつくなる。

伊都子が上京したのはひさしぶりのことであった。あのとき集まっていた老若男女もみな、帰るべきところに帰りついて、それぞれの暮らしをしているだろう。そこには、あの日のスローガンが枝わかれしたような問題が待っているにちがいない。問題はいつも個別的にあらわれる。それらのたたかいに、あの場であじわった連帯感はどう役立っているだろうか。一服の清涼剤がのどもとをすぎたあとは、だれもが自分の力でことにあたらなければならない。自分の中に残っているものが、ずいぶん小さくなったように思われてくる。

職員室の出勤札を表に返したところで、部屋から顔を出した校長に呼ばれた。

「小林先生、少しお時間をください」

伊都子よりずっと若い校長は、いつもきちんと背広を着ている。それは管理職にはふつうのことだが、彼はおしゃれでもあり、そのスマートさがよそよそしく感じられる。

「じつは、先生におねがいがあるのです。きゅうな話でもうしわけないのですが、きょうの放課後、広瀬先生が保護者と面談することになっていますので、立ち会っていただけませんか」

「えっ、なにかあったんでしょうか」

伊都子は思わず身をのりだした。とっさに苦情がきたと思ったのだ。

広瀬慎吾はことし採用された青年で、伊都子は彼の指導教官をしている。人の話をよく聞き、熱心に努力もする好青年ではあるけれど、素直すぎるようにも思える。子どもの受容にかんしてはすぐれた資質だが、二者択一が必要なときには、けっかとして誤ることがないとはいえない。伊都子はその点が気になっていた。

「いえいえ、心配なさることではないと思いますよ。通知表の見方をききたいということしか書いてありませんでした。きのう、先生が退勤されたあと、彼が連絡帳のコピーを持って相談にきましてね。返事に、面談したいのでのちほど電話をする、と書いたというので、ここで電話をさせ、相手のつごうできょうになったのです」

「そうでしたか。でも、通知表については、一学期末の保護者会で説明をしたはずですが」

「そうですよねえ……彼には資料をそろえておくように言ってありますが、どんな質問をされるかわからないので」

　校長も解せないという表情をした。

「ですが、その保護者は広瀬先生と話したいわけですから、わたしがそばにいたら話しにくいのではないですか。広瀬先生の立場もわるくなりますし。二学級しかないから指導教官をひきうけましたけれど、これが初任者指導といえるのかどうか、わたしにはわかりませんが、広瀬先生と相談して、対応を決めたいと思います。それでよろしいですね」

　伊都子はそう言って校長室を出た。

　この校長は、自分の意見を強引におしつけようとはしない。卒業式や入学式での「日の丸」「君が代」のあつかいもそうだ。けっして業務命令は出さず、「おねがいします」をくりかえす。そのうち校長の立場を斟酌して意見を述べる教員が出てきて、実施することに決まる。姑息なやり方で、同僚が発言すると反対もしにくい。本質的な議論はできなくなる。

慎吾は三年二組の教室にいた。

「通知表のことで連絡帳がきたんですってね。見せてもらっていい？」

「はい。中西友和くんのお母さんからです。ご報告が遅くなってすみません」

「そんなことはいいのよ。友和くんって、優しい子よね」

「はい。だれとでもなかよくできるし、損得を考えないというか、見ていると、ぼくまでおだやかな気持ちになれます」

伊都子は慎吾の話を聞きながら、連絡帳のコピーを読んだ。校長から聞いたことのほかはなにも書かれていなかった。

「友和くん、勉強のほうはどうなの？」

「できるほうではありません」

慎吾がそう言うのだから、成績はそれ以上にかんばしくないだろう。

「息子の成績が心配なのかもしれないわね。九月の保護者会はこのまま終わったでしょ？そのときはなにも言われなかったの？」

「はい。おいでになっていいたんですけど」

「じつはね……」

と、伊都子は校長室でのことを話した。慎吾は当惑している。

「わたしは、いないほうが中西さんも話しやすいと思うの。広瀬さんはどうしたい？　校長さんのことなんか考えなくていいから、自分の考えを言って」

「小林先生が同席されたら、おおごとになったみたいで、中西さんは話しにくいと思います。でも、不安なのもたしかです。なにをきかれるのか見当もつきませんし、生まれてはじめて通知表というものを書いたので、ほんとうにあれでよかったのか、といまでも考えてしまいます」

伊都子は慎吾の誠実さを好ましく思う反面、苦労がつきないだろうとも思っていた。彼の優しさが持つあいまいさや非効率性が、いまの学校で、正当に評価されるとは考えにくいのである。

「指導教官とはいっても、わたしにもなにがただしいのかわからない。だから、広瀬さんののぞむようにするつもり」

慎吾はいっそう言葉につまった。

それで、伊都子のほうから提案した。自分は一組の教室にいて、時間がかかりすぎていると思ったら、仕事のふりをして二組の戸をたたく、というものだ。慎吾も承諾し、表情がゆるんだ。

そのとき、養護教諭の神原与里江が伊都子のほうに歩いてきた。ちょっと首をかしげている。こまったことが起こったときの表情だ。

「麻美ちゃんが校舎に入れずに、校門のまえで泣いていたんです。保健室につれてきましたけど、どうしましょうか。授業もはじまりますし」

「お世話さまでした。理由は見当がつくので、すぐ行きます」

伊都子はそう言ったあと、思い出したように慎吾に声をかけた。

「きょう、はじめて毛筆をやるの。書かせるのより準備と片づけがたいへんなのよ。そのときだけでも見にくる？　まだやっていないでしょ？」

「はい、ぜひ」

慎吾は声をはずませて教室に入った。

伊都子は教室から紙袋を持ちだすと、それをさげて保健室へ向かった。麻美は伊都子の学級の子どもである。母親と妹の三人で暮らしている。

麻美はランドセルをせおったまま、保健室の長椅子にすわっていた。まだ小さく泣きじゃくっている。予想したとおり、手にはなにも持っていない。

「麻美ちゃん、おはよう」

伊都子は頭をなでながらあいさつして、耳元でささやいた。

「麻美ちゃんにプレゼントがあるの」

紙袋の中から習字道具が出てきた。赤いケースに入った児童用のセットである。

「ほら、なまえも書いておいたわ。これは教材屋さんが先生用にくれたものだけど、先生はもう持っているからあまっているの。これ、つかってくれる?」

伊都子はそのケースを麻美のひざの上においた。麻美はなまえのシールをなでながらうなずいた。そして、ランドセルの中から、折りたたんだ新聞紙を出した。これは、書きおわった半紙をはさむのにつかうものだ。

「ちゃんと用意したんだね。じゃ、これも中にしまおうね。さあ、教室に行って」

伊都子と与里江は職員室に向かいながら話した。与里江はまだ三十代で、子どもときちんと向きあう姿勢はあるが、組合には入ろうとしない。民間企業につとめる夫の影響もあるようだ。

「どこにあったんですか」

「教材室の床の上。ちょっと古いけど、使えると思って。いまは業者もきちんと回収にくるから、新しいのはなかったのよ」

「あれが理由だったんですね。解決してよかったです」

「九月のはじめから予告していたけど、きのうになっても持ってこなかったの。上に兄弟がいないから共用もできないし、三年生はリコーダーも買わなくちゃいけないから、出費がかさむのよ」

「なんとかできないのでしょうか。小林先生みたいにしてくれる先生ばかりじゃないし、見本の残りなんて少ないわけだし」

「そうね、なんとかしたいわよね」

そのとき、チャイムがなった。職員朝会がはじまる。ふたりは職員室のうしろの戸をそっと開けて席についた。

慎吾が面談する時間が近づいてきた。伊都子はけさ慎吾と相談したことを校長に報告し、待機するために自分の教室に向かった。

とちゅうで二組の教室をのぞくと、児童机が二つ並べてあり、その一つにもう慎吾がすわっていた。背広を着た体が四角く見える。教卓にはファイルがきちんとおいてあった。これが校長に指示された資料なのであろう。

「だいじょうぶよ。友和くんのお母さんなら、きっと優しい人だと思うわ。なにかあったら呼びにきていいからね。がんばれ」

「はい、がんばります」

慎吾は、まがってもいないネクタイを調整した。

ほどなく、二組の戸をノックする音が聞こえた。保護者が来たのだ。伊都子はおちつかない気分のまま、自分の仕事をはじめた。

きょう毛筆で書かせた「三」を掲示するための準備だ。まず、半紙を一枚ずつ色画用紙にはっていく。はじめもおわりも力が入らず、みみずが並んでいるようなのもあれば、力こぶのような止めもある。三本の長さのバランスがわるいと、字にならないところがおもしろい。なまえは小筆で書かせたのに、たて書き一行ではおさまらず、右にまがってやっと完成したものもある。授業風景がよみがえり、つい口もとがほころぶ。

半分くらいはったとき、とつぜん慎吾が顔を出した。

「すみません、ちょっと来ていただけますか」

「えっ、こまったことになってるの？」

「というか、ぼくにはこたえられないのです。中西さんも、小林先生のようなベテランの先生におしえていただきたい、とおっしゃっているので」

「なになに、わたしでいいの？　校長さんのほうがよくない？」

「いえ、ぼくは小林先生におねがいしたいです」

慎吾がはじめて明言したので、伊都子は気圧されてついて行った。友和の母親は立ち上がってあいさつした。ふっくらとしたおだやかそうな、友和によくにた面立ちである。

「じつはですね……」

と、慎吾が母親の話を要約した。それは、通知表のなかみが理解できないということであった。

学校では毎学期のおわりに、学習や生活の状況を評価して、子どもと保護者につたえている。生活面では身辺整理や協調性などを二段階で評価するが、学習の評価法はいろいろとかわってきた。

伊都子が教員になったころはまだ相対評価で、どの教科の欄にも、一から五までの数字が一つ書いてあるだけであった。一と五は約七パーセント、三がほぼ半数と決められていた。この方法には批判も多く、やがて到達度評価が導入された。これで人数の枠はなくなり、水準に達していればおなじ評定がつくようになったが、それには到達するものを示す必要があり、教科の単元ごとに評価するようになっていった。たとえば「割る数がふた桁の割り算ができる」というような項目で、評価は「よくできる」「できる」「がんばろう」などの三段階が多い。しかしこれにも、テストの結果を見ればわかるという批判があった。

評価法が大きくかわったのは、いわゆる「ゆとり教育」が導入されてからである。それまでの教育は「つめこみ式の知識偏重教育」であったから、意欲や態度を重視する授業に変更するということだった。どの教科も評価の観点として「関心・意欲・態度」「思考・判断・表現・技能」「知識・理解」が示され、重要度もこの順番のとおりとされた。

通知表にも、観点別の具体な目標を書くようになった。伊都子の担任する三年生の算数ならこうである。「数量や図形に関心をもち、すすんで学習にとりくむ」「筋道を立てて考え、既習事項を生かして問題を解決する」「計算や測定、作図を正確にする」「数量や図形について正しく理解する」。これらが通知表に項目として書かれ、それぞれを三段階で評価する。

この評価をするには項目ごとの根拠が必要になる。項目が細分化されればされるほど、多くの情報を集めなければならない。そのためにはテストの問題も、授業ちゅうの発言や態度も、項目に即して評価しておく必要が出てくる。これはぼう大な量になる。子どもの発言に目を細めているひまなどない。名簿をかたときもはなさず、チェックしていくしかないのだ。伊都子はそんなことはしていないが、初任者にはとうぜん指導されているだろう。

慎吾の話を聞きながら、母親の疑問はもっともだ、と伊都子は思っていた。一連の授業の中から、部分的にとり出して評価することなど、ほんらい無理なのだ。わかるからできるのであり、できるから楽しいのであり、楽しいから意欲的になるのである。

「たとえばですね」

と言って、慎吾がテスト用紙と白紙の通知表を持ってきた。このテストは業者から購入したもので、多くの自治体では保護者が費用を負担している。

「ここに『知識・理解』と書いてありますが、この部分の採点が通知表の四番目の評価につながるわけです。もちろんそれだけでなく、ノートやワークシートも加味します」

慎吾が説明しても、母親は「はあ」と言うばかりであった。

「たしかにわかりにくいですよね。文章題をとくとき、式をたてますよね。それはただしかった、でも答えはちがっていたとします。そしたら、とき方は理解している、でも計算の技能がまだ定着していない、と考えられるわけです」

慎吾をフォローするつもりで言ったが、あとあじはわるかった。めったにないことをひきあいに出して、屁理屈をつけているようなものだ。

「はあ、先生方もたいへんなんですね。でも、わたしがわからないのはそういうむずかしいことではなくて、うちの子は、国語と社会と算数と理科のいちばん上のところだけは『よくできる』になっているのに、その下のところはほとんどが『がんばろう』で、『できる』は二つしかありません。それはなぜでしょうか」

母親はときおり首をかしげて言い、思いきったように顔を上げた。

「これはつまり、意欲的にとりくんでいるけれど、じっさいの勉強はできていないということでしょうか。まじめにやっていないからできないのならわかるのです。でも、やっているのにできないということは、うちの子はよっぽど頭がわるいのかな、と思って……」

伊都子は合点した。

おそらく慎吾は、友和の四教科の成績がかんばしくないので、数字にあらわせない項目で評価を上げてやりたかったのだろう。音楽と図工は専科の授業だから評価はできない。体育の評価には保護者の関心も低い。

慎吾の配慮はかえって、母親の不安をまねくことになった。この通知表では、人間をこま切れにして見るようになる。

伊都子の心のベールが一枚、するりとはがれおちた。

「教員がこんなことを言うのは無責任ですが、通知表には大きな欠陥があります。それは、一学期に学習したことは一学期にしか評価できないということです。二学期になってできるようになる子もいるのに、その時点ではもう書きかえることはできません。通知表は一通過点での状態をあらわしているだけなんです。それも、教科書のペースで進めたばあいの、通過点です」

母親はうなずきながら聞いていた。

「そうですよね。てきぱきとやれる子どもばかりではありませんし……うちの子のペースでやっていくしかないですね」

「友和くんはがんばり屋だから、着実にできるようになっていくと思います」

と、慎吾が元気よく言った。母親はそれに応じて笑みをうかべた。

「いまの時代は、早く確実にやることがいいとされていますが、それでいいのかなと思います。慎重であったり、ていねいであったり、根気づよくやりなおすことができたり、勉強するにもたくさんの力が必要です。そんなことを、いつも言ってはいるのですが……」

伊都子は、通知表は不要だ、という言葉をのみこんだ。必要だとするならそれは、子どもにさらなる希望を持たせられるものでなければならない。

それから少し雑談をして、母親は帰っていった。納得したかもしれない。あきらめたのかもしれない。その二つが、心のおなじ作用であるような気がして、伊都子は小さく吐息した。

教室には慎吾と伊都子が残った。

「うら話みたいなこと言って、ごめんなさい」

「いえ、そのとおりだと思って聞いていました。勉強になりました」

「いいお母さんね。きょうのことでなにかあったら、えんりょなく言ってきてね」

伊都子は言いながら、教卓のファイルを手にとった。それは授業のたびに子どもを評価したものであった。あらかじめ印刷しておいた座席表のなまえの欄に、四つの観点別に評価の符号をつけておき、通知表をつけるさいに個人べつにまとめたのだという。校長が用意させた資料はこれだったのか。

「お母さんに、見せたの?」

「いいえ、証拠をつきつけるような気がして、とてもできませんでした」

「それは正解。毎時間チェックするんじゃ、たいへんだったでしょ」

「はい。それで、とちゅうから手をぬきました。というか、子どもの発言を聞くのが楽しくて、それどころじゃなくなったんです」

「それがほんとよ。ね、お茶しようか。疲れたでしょ。きょうの習字も見てほしいから、うちの教室で待ってて。コーヒーいれてくる」

自分が行くという慎吾をおいて、伊都子は職員室に向かった。

コーヒーの用意をしていると校長がそばによってきた。

「面談は終わりましたか」

「ええ。あとで広瀬先生から報告があると思いますが、保護者の話もむちゃなものではありませんでしたし、わたしの印象では、あとあじはわるくありませんでした」

「そうですか。先生がそうおっしゃるのでしたら、安心いたしました。遅くまでありがとうございました」

そう言って、校長は立ちさった。たしかに外は日がおちていた。

伊都子がお盆を持って教室に戻ると、慎吾は熱心に毛筆の作品を見ていた。

「おもしろいですよねえ。なんで、こんなところに墨がつくんだろう」

それは線と線のあいだに、堂々とついている墨のあとであった。筆に墨をふくませすぎて、書きはじめるまえにポトンとおちた。子どもたちはおどろいて声を上げたが、本人はけっきょく、三枚のうちそれを選んで提出した。どこが気に入ったのかはわからない。けれども、幼い矜恃がつたわってきた。

「足に墨をつけたまま帰った子もいたわ。てんやわんやだった」

伊都子は助言をおりまぜながら授業のようすを話し、さいごに確認した。

「習字道具を持ってこられない子はいない？　もしいたら知らせてね。貧困状態の子どもが増えているって、ニュースでもやってるでしょ？　どこの学級にいてもおかしくない」

「そうですよね。でも、みんな持ってきていますからだいじょうぶです」

と、慎吾は言った。

それから、毛筆の指導について話した。字を書かせることより、道具のおき方や体の動かし方を徹底させせないとおおごとになるからだ。慎吾はうなずきながら聞いていたが、それが一段落すると、ぽつんと言った。

「評価ってむずかしいですね、しみじみ考えさせられました。評定で『がんばろう』になった子も、もっと時間をかけたり、ぼくのおしえ方がうまかったりしたら、『できる』になったかもしれないわけですよね」

「評価と評定はちがう。評価は指導の一環で、つぎの段階に進むためにするもの。評定は通過点の状態をしめすもの。そんなこと、必要かしらね。学びの枠外の問題だと思うんだけど」

伊都子はそう言った。けれども、そんな考えではたちうちできないほど、評定を根拠とする世界が広がっているとも思っていた。

「ぼくたちは毎日、『いいね』とか『まちがってるよ』とか言って、やりなおさせたりしていますよね。それって、評価と指導は不可分だということですけど、正直に言うと、あの通知表を見ても指導の仕方がわからないんです。でも、ぼくなんかいいほうで……」

慎吾が話したのは、同期で六年を担任している友人のことであった。一学期に自分がやった授業の観点別評価を全部かぞえたら、百五十以上あったらしい。これではつねにチェックしなければおいつかないはずで、子どもに共感しているひまもない。しかも、その日のうちに整理して管理職に提出するのだという。しだいにやっていけなくなり、提出用にはてきとうに書くようにした。

「それは名案ね。それに、彼があなたに愚知をこぼせたのもいいことだと思うわ」

伊都子が言って、ふたりは笑った。

お茶の片づけをはじめたとき、音楽専科の米沢美音子が顔を出した。

「あ、学年会だった？」

「ちょうど終わったところ。入って」

伊都子が招じ入れると、いれかわりに慎吾がお盆を持って出ていった。

「彼、いい感じでがんばってるじゃない」

「そうなのよ」

美音子は少し年下だが、おなじ組合員なので気心の知れたあいだがらだ。

「ちょっと、話したいことがあって……」

美音子は窓の外に視線をおよがせて言った。

美音子がこまっているのは、貸しだす楽器がたりなくなって、授業に支障をきたしているということであった。どの学年も一学期は運動会の練習に時間をとられ、音楽もそれにかかわる授業になるため、いまになって問題が露呈したのだという。

楽器には原則として個人持ちのものがある。一年生からつかう鍵盤ハーモニカと三年生からつかうリコーダーである。

これらは四月の保護者会のときに、業者がきて注文をとることになっている。リコーダーは比較的に安価なので、ほとんどの家庭が購入する。だが、鍵盤ハーモニカは三千円をこえるので、入学準備に金の必要な一年生の保護者にとっては、けっして小さくない出費になる。それで、本体につける歌口だけを購入することもできるようになっている。それなら数百円ですむ。本体のほうは音楽室にある貸し出し用のをつかうのだが、低学年の音楽は担任が教室で行うので、それはいつも低学年の教室においていた。それでも、音楽室での授業にこまることはなかったのだ。

ところが、年々歌口だけを購入する家庭が増え、ことしは、二年生の貸し出し用は音楽室においておき、授業のたびに取りにきてもらうようにしたのだという。担任がついてくるが、一階から三階までの往復にかかる手間も時間もばかにならない。

「一年生に来させるのはかわいそうだから、二年生にたのんだの。どこの学校でも歌口を買う家庭が増えている、と業者さんから聞いてはいたけど、これからもつづくと思うわ。それで、計画外の予算執行になるけど、すぐ鍵盤ハーモニカを購入するつもり。でも、特定の子どものためにということになると、批判的な声もあるかもね。就学援助にしても生活保護にしても、教育費はふくまれているわけでしょ」

美音子はゆううつそうな声で言った。

「いいじゃない。来年は音楽会があるからちゃんとした楽器をそろえたい、もう古くなって音が正確に出なくなった、とでも言えば。運動会の鼓笛で練習しすぎちゃったわけでしょ？　じつはね、うちも……」

伊都子はけさの、麻美の習字道具のことを話した。

「たしかに、その場しのぎのような対応ではおいつかなくなるわよね。偶然や善意にたよるのでは解決にはならない。憲法にはさあ、『義務教育はこれを無償とする』って、ちゃんと書いてあるよね。たしか……」

「二十六条の二項。憲法をかえるまえに、そのとおりにやってみるべきよ。いまおこっている問題の大半が解決するわ」

ふたりは感情のたかぶりのまま雑談をつづけ、長嘆息して別れた。

伊都子が出勤札をうら返そうと職員室に入ると、校長室の戸がめずらしく閉まっていた。慎吾の姿も見えないから、きっと面談のことを話しているのだろう。通知表のうら話の件はどうつたえるだろう。あの話はけっきょく、母親のいちばんききたかったことにはこたえていない。また、なにか言ってくるかもしれないし、伊都子が校長に呼ばれるかもしれない。しかし伊都子には、いつでもどこでも、おなじことしか言えない。

帰宅したとき、夫の英輔はまだ帰っていなかった。英輔はおなじ市内で中学校の教員をしている。体育系のクラブ活動の指導をしているので、秋は大会に向けての練習が増え、休日出勤も少なくない。それに、もうながいこと組合の執行委員をやっているから、帰宅はいつも遅い。組合員も減少し、高齢化も進んでいるので、定年まぢかでも役員をやめられずにいる。昨年、やっと書記長をおりた。子どもも独立していて、いまは夫婦ふたり暮らしである。

伊都子は窓をあけた。空気がこもっている。エアコンをつけてもむれた風が下りてきた。

「ただいま」

食事の用意がととのって、しばらく経ってから英輔が帰ってきた。

「おかえり。ずいぶん遅かったわね」

「きょうは市教委との交渉があったからね。全国学力テストのことで」

「ひえっ」

伊都子がとんきょうな声を出したので、英輔はおどろいて動きをとめた。

「なんだよ」

「それもあったかあ」

「あるさ。文科省が結果を公表してからひと月だからな」

「そうだったわね」

伊都子は思い出した。夏休みのおわりころ、テレビのニュース番号でそのことを報道していた。それぞれの教育委員会では、県別順位だけでなく、地域別や学校別の順位も把握しているはずである。

「ことしはいろいろ言ってくるぞ。なにしろ、順位がガクンと下がったからな」

英輔は意味ありげに言った。楽しんでいるようにさえ見える。

「きょう、通知表のことでフル回転だったのよ。それなのに……もういや、こんな生活」

伊都子がふくれっつらで言うと、英輔は声を立てて笑った。

ひとりで玄関にいると、外から重い靴音が聞こえてきた。せきたてるような音だ。それがだんだん近づいてくるように思われ、伊都子はいそいで鍵をかけた。

（二）

文部科学省が悉皆方式で「全国学力テスト」をはじめたのは、二〇〇七年からである。正式名称は「全国学力・学習状況調査」という。東日本大震災のあった二〇一一年をのぞき、毎年行われている。対象学年は小学六年生と中学三年生で、教科は算数・数学、国語であるが、二〇一二年度からは、理科についても三年に一度実施されることになった。

この正式名称が「調査」となっているのには理由がある。「テスト」ではまずいのだ。学校で実施するテストは教育活動の一環であり、指導や評価に生かすという目的がある。これは学校だけが実施できるものであって、行政が行うことはできない。だから「調査」となっているわけだが、たとい調査であっても、文部科学省が学校を借りて実施するには、公立小中学校の設置管理者である各地の教育委員会の了解を得なければならない。とうしょ、教育の地方自治を守るという観点から拒否した教育委員会もあったが、いまでは全国つつうらうらの学校で、とうぜんのように実施されている。

実施の目的は三つかかげられている。教育施策の課題を検証して改善をはかること、児童生徒への教育指導の充実や学習状況の改善にやくだてること、このとりくみをつうじて教育にかんする継続的な検証改善サイクルを確立すること、である。つまり、この調査に出ている質問に対する回答状況や、問題に対する正答率の分析をもとにして、日本じゅうの児童生徒の学力向上をめざしつづけるということだ。しかしここには、この調査の問題の正答率向上が学力向上と同義であるという、大きな勘ちがいがある。くわえて、学校だけでなく家庭への介入という傲慢がある。

一般的に「全国学力テスト」とよばれているため、あまり知られていないが、この調査には、子どもの家庭生活を詳細にわたって質問する項目がある。睡眠、食事、テレビやゲーム、読書や家庭学習や塾、家族との会話、家族の学校行事への参加、ともだち関係、自分の性格など、二十項目以上について、自分に近いこたえを一から四までの段階で選ばせる。生活が厳しく、食事も満足にとれないような家庭の子どもは、どんな気持ちで数字をえらぶだろう。そうやって集めた結果と問題の平均点を並べて傾向を見いだし、なんらかの方策を考えるのだ。ひつぜん、それは近視眼的なものになる。即効性がなければ意味がないからだ。そして子どもの心をふみつけながら、土足で家の中に入ってくる。

　この調査をはじめるときは、結果公表について、序列化や過度な競争が生じないようにする必要があるとされた。しかしじっさいには、市町村ごと、あるいは学校ごとの平均点まで公表したり、それにもとづいて学校予算を配分したり、高校入試のさいの内申に利用したりする自治体も出てきた。どこをとっても、生まれたのは序列化と過度の競争である。この制度がもたらした順当な結果であろう。

　すでに予備校や塾では、全国規模の模擬試験が定着している。小学生もしかりである。自分の学校の成績だけでは不安で、もっと広範囲のデータがほしいのだ。予備校や塾とおなじようなテストを、自分の学校で、しかも無料でうけられるとなれば、歓迎する人がいてもむりはない。

　けれども、学校は教育の専門家集団である。はじめから行事予定にくみこんで、「全国学力テスト」を実施していても、まるごとその渦にのみこまれているわけではない。いつもだれかがどこかで、教育の火を守ろうと熾を掻きたてている。自分たちのやりやすい教育を残したいがためではない。いまや保守的にさえ見える矜持の中に、あすにとどく橋があるかもしれないと思うからだ。

　伊都子の家でもいま、その小さな熾がおこっている。

「駅まえでこんなのを配ってたよ」

そう言って英輔が見せたのは、地域の学習塾のチラシであった。「学力テストで百点アップ」と大きく書いてある。

「それをもらった母親たちは、『全国学力テスト』のことだと勘ちがいしてたよ。テストの結果は教育委員会のホームページにアクセスすればわかるし、順位が下がったのを知って心配していたんだと思うよ。業者にしたら、営業チャンスでもあるわけだし」

「五教科で、と書いてあるから、校内の学力テストのことなのにね。それだけ、関心があるというわけか。月に一万円以上かかるなんて、やれない家庭が多いんじゃない?」

「それ、高いほうじゃないよ。業界も生き残り競争が熾烈だからね。『全国学力テスト』も、文科省が予算をつけて、大手企業に委託しているわけだから、公教育ってなんなのか、わからなくなるよ」

ふたりは箸を動かしながら、しゃべる口も動かした。

英輔は、きょうの教育委員会との交渉のことを話題に上せた。ことしは「全国学力テスト」の平均点がわるく、県の順位も市の順位も、全国の中でおおはばに下がったのだという。市では学校ごとの順位も把握している。教育委員会はその結果を保護者に周知するよう、校長会で指示を出した。英輔が異議をとなえると、「くやしさをバネにして伸びるチャンスだ」とこたえたそうだ。

伊都子は、背中をつめたいものが流れていくような気がした。人間は、喜びを力にして伸びるものであるのに。

「それって、決定事項なの？　職員会議にだって出ていないのに。ようするに、思い知らせたいわけでしょ」

英輔にくってかかるように、伊都子は語気をあらげた。

「おれに言うなよ。九月の職員会議は終わったところが多いから、職員朝会に出すかもしれない。話し合う時間を保障しろ、と要求はしてきたけど、机上に通知文を配っておわり、というところもあるだろうな。指導の結果だといわれれば、返す言葉もない心境になるだろうし、そうなると、反対はできない。不名誉なことだと思って、のし上がろうとする人のほうが多いかもしれないぞ」

と、英輔は表情をくもらせた。

伊都子ははっとした。自分もいっしゅん、不名誉に感じた。この調査の有害性を知っていても、数字を出されると、するどく指摘されたような気分になる。劣等感と優越感はこうやって入りこむ。くらべることで生まれるその感情を、子どもにうえつけてはならない。

「そんなことはさせない」

と、伊都子はくちびるをかんだ。

学校での会議の中心は全員が出席する職員会議で、原則として月に一回、重要なことを話し合うことになっている。けれども、それを形骸化させる動きがかなりまえからあった。職員会議が議決機関ではないことを強調し、発言は形のうえで保障しながら、決定は校長がくだす。いまでは「日の丸」「君が代」のばあいに限らず、教育委員会から下りてくること全般に広がっている。それはほんらい、教員の望む姿ではないが、上意下達でことを運べば、そのほうが時間もかからず責任も軽くなると思ってしまう。それほど教員は疲れている。

「それだけじゃないぞ。校長たちがD県詣でをするんだってさ。いままでは予算がなくてあきらめていたが、そうもいっていられなくなったというわけさ」

と、英輔が言った。

D県は何年もつづけて、「全国学力テスト」の平均点がトップの県である。それも塾などにかよっている子どもが多いからではなく、授業と家庭学習のあり方に理由があるといわれている。そのため、全国から視察にくる人があとをたたない。さいきんの三年間では、九千人をこえる教育関係者が来ている。さらにD県教育委員会は「全国学力テスト」の結果を教育資産と位置づけ、海外交流促進事業の計画も進めている。D県メソッドに自信があるのだろう。

「視察のあとは、なんかやりだすな。おそらく……」

英輔が例にあげたのは、だれが指導してもおなじ授業になるような授業法のマニュアル化、保護者への啓蒙、市独自の「学力テスト」の実施などであった。いずれも「全国学力テスト」の平均点を上げるためのもので、すでに実行しているところがあるのだという。

伊都子はだまって聞いていたが、これではかつて批判された「つめこみ教育」どころか、家庭までまきこんで、疑問のある学力をつめこむことになると思った。

「いまだって過去問をやらせるのにおわれているのにな。だから、あんなことがおこるんだ……」

英輔が言葉をにごしたのは、同僚にうちあけられた話をまだ整理できずにいたからであった。彼は経験十年の熱心な数学の教員で、三年生の学級担任もしている。彼の学級に成績のかんばしくない男子生徒がいた。小がらでおとなしく、友人も少ないとまえの担任からひきついでいたので、彼は気をつけて見ようと思っていた。

四月になると「全国学力テスト」対策として、授業でも宿題でも、過去に出題された問題を正解するまで練習させていた。その生徒はなかなか正解にいたらなかった。テストの前日、その生徒が授業ちゅうに体調不良をうったえてきた。彼は保健室に行くよう指示しながら、つい「あした、むりして来なくてもいいぞ」と言ってしまった。翌日、その生徒は欠席した。とどけられた理由は体調不良であった。二日欠席したあとは、休まず登校している。彼は安堵したという。うしろめたさがあるからだ。

「彼は、その生徒にどう対応したらよいか、まよったんだ」

「相手が子どもでも、ちゃんとあやまるべきよ」

「だがな……」

もし彼が陳謝したなら、生徒は、やっぱりそうだったのか、と思ってしまうだろう。それでもあやまるのは、自分のほうの傷をいやしたいからではないか、と彼は考えていたのだった。彼はなにも言わないことにした。

「信頼してもらえるように、これから努力すると言うんだ。根気のいることだよ。青春ドラマみたいなやらせ、生徒はすぐ見ぬくからね。ごまかし、もね」

「で、あなたならどうした？」

「すぐ、あやまる。なにもかもぶっちゃけてあやまる。おれは、うしろめたさを感じるのにたえられないんだ。それが弱点だとわかってるがね」

そう言って、英輔はビールをのみほした。

伊都子には意外な返事であった。英輔のいう弱さは潔癖さであり、強さの源ではなかったのか。

つぎの日、伊都子が出勤すると、英輔の言ったとおりの事態になっていた。職員室の机上に、保護者向け印刷物がおかれていたのである。「全国学力テスト」の成績が下がったので家庭学習にも力を入れてほしい、という主旨であった。市内の学校の一覧表こそなかったが、自分の学校の順位は書いてある。教育委員会がひな形をつくり、各校が自校の順位を書きいれて印刷したのであろう。けれども、具体的なことは書かれていない。

伊都子はその印刷物を持って廊下に出た。もうすぐ美音子が出勤してくる。職員朝会にまにあうように相談しなければならない。組合員はこのふたりだけである。

「これ見て」

伊都子は玄関にいた美音子に見せ、いっしょに音楽室に向かった。音楽室に登校してくる子どもはいないから、ぎりぎりまで話せる。

「こんなの配るべきじゃないわよ」

と、美音子もきっぱりと言った。伊都子は、きのう英輔から聞いた話のあらましをつたえた。

「朝会では時間がないから職員会議で話し合うべきだと言って、ひきのばすしかないわね。わたしが口火を切るから、あとおねがいね」

「わかった」

ふたりは声をかけあって職員室に行った。

朝会がはじまった。校長はそのことにはふれず、自己申告書の中間報告の準備をうながしただけであった。伊都子はずっと身がまえていて、校長の言は頭に残らなかった。副校長のばんになった。きっと言う。

「机上の印刷物は市教委からきたものです。学級で配布してください」

副校長はいつもとおなじ表情で着席した。伊都子は声を出して挙手した。

「待ってください。この文面では保護者は不安をあおられ、塾にやらなきゃだめなのか、と思うんじゃないでしょうか。順位が下がったことを、なぜ知らせる必要があるのですか。不明な点が多いので、職員会議で話し合う時間をとってほしいと思います」

伊都子は着席して、美音子の発言を待った。

だが、挙手したのは意外にも、六年担任の達夫であった。

「順位を上げようというのなら、学校行事のくみ方も考慮すべきでしょう。市内の多くの学校では、運動会は秋なんですよ。でもうちは春だから、四月になるとどうじに、一年生の世話をして、運動会の練習をして、鼓笛や応援団やリレーの練習もある。そのあいまに、過去問をやらせるわけですよ。くらべるのなら、おなじ条件にしてもらわないと、だれが担任になっても、わりのあわない話だと思いますよ」

達夫はいっきに言った。こんなことははじめてだ。職員室の空気が、ピリピリと音を立てて凍っていくようだった。

達夫は三十代後半で、高学年しか担任したことがない。がたいが大きいうえに自信たっぷりなので、威圧感がある。指導力不足と言われたような気がしたのだろうが、管理職に近い教員の中にも不満があるらしいとわかった。

「いやいや、なにも担任の先生がたに責任があるなどと考えておるわけではありませんよ」

副校長はとりなしたつもりだろうが、座の空気はいっそうわるくなった。

美音子のまえに、こんどはもうひとりの六年担任が挙手した。この行動はさらに周囲をおどろかせた。彼女は伊都子と同年代のおだやかな女性で、目立たないけれども、たしかな指導力を持っている。

「わたしの学級の女子のことを知っていただきたいと思います。けっして勉強のできる子ではありません。でも、どの子にも人として身につけてほしい優しさを、すでに持っている子です。その子がテストの前日、わたしのそばにきて言いました。自分は頭がわるいからテストはうけたくない、平均点が下がってみんなに迷惑をかける、だから休みたいと言いました。ふだんのテストで、こんなことを言ったことはありません。十一歳の子どもにこんなことを言わせるようなことを、学校がやっていいのでしょうか」

　彼女はときどき、声をつまらせながら言った。

　職員室が水を打ったようになった。ややあって、美音子が挙手した。

「このテストについては、さまざまな問題があり、きちんと考えなければならないと思います。わたしはわざわざ、順位を保護者に知らせる必要はないと思います。目をあけてちゃんと見ろ、といっているようなものではありませんか。このテストの結果公表については、じゅうぶんに配慮すべきとなっているのですから、その点からも検討が必要なので、時間をとっていただきたいと思います」

　美音子はおちついて着席した。いつもならこのへんで、まとめるような発言が出る。けれども、きょうはだれも言わない。業を煮やしたように副校長が尻をうかしたが、校長がそれを制して立ち上がった。

「わかりました。これは配布しないことにいたします。知りたい方は教育委員会に問い合わせればわかることですから、情報公開しないということにはなりません。授業もはじまりますから、喫緊の連絡事項があればつたえていただき、閉会にします」

校長が言いおわらないうちにチャイムが鳴った。

「きょうは安全点検の日です。担当箇所のカードを配っておきましたので、終わったらこの箱に入れてくださあい」

担当者が箱を高くかかげて言った。学校では月に一回、手わけして校内の安全を確認することになっている。

伊都子は机上にあった点検カードを週案簿にはさんだ。いつになく気持ちが明るくなっている。ひさしぶりに、かみあう話ができたような気がする。非教育的なものが持ちこまれ、話しあう過程でことがらの本質にふれることができたということだろう。しかし子どものことを考えるなら、ひどいことはないほうがいいにきまっている。

一時間目の授業は算数であった。図形の円の学習をしている。コンパスは分度器ほどではないが、あつかいのむずかしい道具で、きちんと閉じた円はなかなかかけない。前時は「半径」という言葉をおしえたところだ。

「コンパスの針をさした点が中心、コンパスではかった長さが半径、ぐるりとまわった線が円周でしたね」

黒板に大きな円をかいて既習事項を確認した。ふと、子どもによけいな質問をしたくなった。明るい気分がまだ残っている。

「では、この円の中に半径はなん本くらいあるでしょう」

子どもは口ぐちに数を言った。それはだんだん大きくなる。

「百本くらい。上半分に五十本、下半分に五十本くらいだもん」

ほかにも、ほそい鉛筆でかいたらもっと多いはずだとか、さいごにはチョークでまっ白になって線じゃなくなるとか、いろいろな意見が出たが、けっきょく、かぞえきれないくらいということでおちついた。

伊都子はときどき、教科書にも指導書にも出ていない質問をする。子どもの考えを聞いているのが楽しいからだ。

「さて、きょうは新しい言葉を勉強します。この線は半径でしたね。では、中心をとおって、はしからはしまでの、この線はなんというでしょう」

こういうときはたいてい、すでに正解を知っている子どもが得意げに口にする。しかし、きょうはちがった。算数のきらいな健太が、人さし指で黒板をさしながら立ち上がったのだ。

「ゼンケイじゃない？」

大きな声であった。

説明を求めると、健太はすいよせられるように出てきた。

「ここからここまでは半分だから半径でしょ。ここからここまでは全部だから、全径」

教室の息づかいがいっしゅん止まった。

「健太くんの言いたいこと、わかった?」

と、伊都子も声をはずませた。

「すっげえ、健太」「やるじゃん」など、子どもたちからも健太を称賛する声がつづいた。すると、その声でわれに返ったように、「直径っていうんだよ、知らねえの」という子どもがいた。

「すごい、ちゃんと知っている人もいるんだね。そう、健太くんが考えたことに、直径というなまえがついています。健太くんは自分で考えたのがえらいよね。じつは、径という字は『みち』と読むこともあります」

うなずく子どもたちに目を細めながら、伊都子はあらためて直径の定義を板書し、ノートに書かせた。


十月になった。なかばすぎには定例の職員会議が予定されている。伊都子はそれまでに、他校のようすや教育委員会の方針を知りたいと思ったが、組合の分会代表者会議にも出席できず、帰宅してから、組合の執行委員をしている英輔から聞くしかなかった。

英輔の話によると、「全国学力テスト」の結果を知らせる印刷物を家庭に配布しなかったのは、市内の小学校の三分の一で、中学校ではすべて配布したという。中学校は高校入試をさけられないから、成績も順位とは切りはなせない。他校の生徒もいっしょに受験するわけだから、自校の順位も気になるところであろう。

教育委員会も、中学校のほうに手を入れたいようだ。「全国学力テスト」をうわまわる規模で、市独自のテストを実施する計画があるらしい。教科はおなじく国語と数学で、実施もおなじく年に一回だが、対象は三年生だけでなく全学年に広がる。が、これは初年度のことであり、これからは予算を増やして、教科や回数を多くする可能性もあるのだ。

文部科学省が行う「全国学力テスト」の内容は、主に「知識」にかんする問題、主に「知識活用力」を問う問題、の二種類がある。考えてみれば、二種類のねらいのどこにちがいがあるのか、どういう問題ならそれがわかるのか、そもそもこれだけがほんとうの学力なのか、などおおいに疑問がある。

しかも、答案用紙が本人に返ってくるわけではなく、二ヵ月経ったころ、点数を書いた紙がわたされるだけだ。多くの子どもは、そのときの問題も自分が書いた答えも、おぼえてはいまい。だから、まちがいなおしはできない。「全国学力テスト」は嵐のように子どもをおそうだけで、なんの実りももたらさない。

職員会議の日になった。会議室に場所をかえて行うので、必要な書類をもって移動する。教育委員会からの書類はまだ配られていない。あのときのように、美音子と事前に打ち合わせることもできなかった。

会議がはじまるとまず、翌月の予定について教育計画にそって確認した。パソコンをつかうようになってから、すべての資料から手書きが消えた。データとして保存してあるものの数字や文言の一部をかえるだけで、なん年も提案文書として使用できる。たしかに効率はよくなったが、一から考えるという習慣はなくなった。必然的に前年どおりが是となり、異をとなえて話し合いに時間をかけるものはうとまれるようになった。それでも発言するには、気力をふりしぼらなくてはならない。

さいごの議題は、教育委員会が家庭配布用に作成したパンフレットのことであった。副校長がそれを教職員に配った。多色刷りでつやのあるうつくしい紙である。

「これは『全国学力テスト』の結果をうけて、保護者に協力を求めるためのものです。むろん学校も努力するわけですが……すでに全家庭ぶんがとどいておりますので、配布をおねがいします」

副校長は無表情で言った。室内はしずかになった。

パンフレットの見出しには大きな文字で「家庭と学校は子育ての両輪」と書いてあった。これは伊都子が保護者会でよく口にし、学級通信にもたびたび書いてきた言葉であった。独占するものでもないが、利用されたようでいやな気分であった。

しかもその見出しの下には、小さめの文字で「これからはファミリースクール」とつけたしてある。学校と家庭のちがいは、子どもが集団でいるか個人でいるかにあり、子どもをいちばん理解してくれる家庭こそ、個を生かすもっとも基本的な教育の場である、という意味の説明もあった。

そのために四つのことが求められている。

「早ね、早おき、朝ごはん」をしっかり行う、家庭学習の習慣をつける、学校での学習やできごとについて子どもと話す、テレビやゲームの時間をきめてけじめのある暮らしをする、である。家庭学習やテレビとゲームの時間については低・中・高の学年べつに数字までしめしている。おどしの文章を真綿でくるんで見せているようなものだ。

すぐに挙手するものはいなかった。しらけた空気がただよっている。それらはどれも、学校が言ってきたことだ。わるいことではない。が、それが子どもの生活の実態とかみあわなくなってきたのだ。美音子が挙手した。

「家庭の事情も斟酌せず、一方的におしつけるのはどうかと思います。子どもたちの現実は……」

美音子は音楽室から見える子どもの貧困について話し、こんなパンフレットをもらっても、それどころではないと心をとざす保護者が多いだろうと述べた。

おなじような意見はほかからも出た。教材費や給食費、社会科見学や遠足の交通費など、全員が対象のものは銀行口座からのひきおとしになっているため、担任にはわからないが、個人で購入するものになると、いつも忘れる子どもがいるのだ。それはほんとうに忘れたとは限らない。買ってもらえない子どももいるだろう。

「ですが、就学援助費にも生活保護費にも、教育費はふくまれているわけですから、計画的につかえばいいと思いますよ」

副校長がすわったまま言った。美音子が反射的に立ち上がった。

「そのとおりです。でも、それは生活にじゅうぶんな額なのですか？　ゆとりがあるなら、計画的につかうこともできるでしょうが、目前にせっぱつまったことがでてくれば、そちらにまわすしかないですよね。そういうことがつづけば、計算どおりの暮らしなんてできなくなると思います。六人にひとりといわれる貧困状態の子どもは、本校にはいないとお考えですか」

副校長は腕ぐみをし、目をとじて聞いている。校長は発言者のほうに顔を向けていた。

そのとき、教務主任が挙手した。

「それでも、圧倒的多数の子どもたちのことを考えれば、家庭の協力を求めるのはよいことではないでしょうか」

おだやかに発せられた多数という言葉は、すんなりと教員の胸に入りこんだであろう。そこに中心をおくことが、集団生活では公平な対処だと考えるものは多い。はたして、そうであろうか……。伊都子の考えがまとまらないうちに、六年担任の達夫が挙手した。

「どんな呼びかけでも、やる人はやるだろうし、やらない人はやらないでしょう。ぼくが気になるのはそのことより、家庭学習のなかみです。家庭まかせになるのか、担任まかせになるのか、学校として足並みをそろえるのか。それとも、教育委員会が全市おなじものを用意するのか、いや、これはあり得ませんね。介入になりますからね」

達夫はまだ、学校別の順位を公表した教育委員会に腹をたてているようだった。

家庭学習のなかみについては意見がつづいた。授業の進度にあわせるため、残った問題を宿題に出している教員は多い。また授業とは関係なく、音読や読書、日記を宿題にしている教員もいる。それらのほかに、新しいものを持ちこまれるのはこまるのだ。しかし、教育委員会が「全国学力テスト」の結果に直結するものにしたいと考えているのだから、しだいにその方向にいくだろう。

伊都子はそのことに不安をおぼえる。正解を出すことだけが学力ではない。感受性や経験や知識を総動員してものごとを見、筋道をたてて考え、人につたえる。それらの力を総称して学力というのではないだろうか。正解との距離や到達時間が問題なのではない。

そんなことを考えているうちに、算数の時間に健太の言った「全径」という言葉を思い出した。あれは正解ではない。けれどもその答えにいたった過程は、九歳の論理的思考なのだ。

伊都子は思わず手を上げた。

「こんなふうに市をあげて、『全国学力テスト』の順位を上げることに力をそそいでいいものでしょうか。あのテストをすることじたい、子どもを苦しめているのがわかったはずです。わたしたちは、学力とはどういうものか、話し合うこともせずテストをうけいれているわけです。このまえ、これが学力ではないかとおしえてくれた子どもがいます……」

伊都子は健太の発言と子どもたちの反応を報告した。すると、すぐに達夫が挙手した。

「そういった名人芸のような授業は、小林先生みたいに力のある方ならできると思います。しかしいまは、だれもができる指導法が求められているのではないでしょうか。スキルをマニュアル化してシェアするということです」

伊都子の胸ははげしく波立った。まったくつたわっていない。むしろ、嫌悪されている。けれども、自分に名人芸をしているような快感がなかったとはいえない。気持ちをおちつかせながら、伊都子はふたたび挙手した。

「マニュアル化すればまったくおなじ授業になるとは思えません。少しずつちがってくると思います。そのちがいが教員の個性だと思います」

しかしすぐ、副校長が立ち上がった。

「その個性をできるだけ出さないようにしないと、教員への評価に影響して、担任の当たりはずれという話が出ることにもなるのです。それはけっかとして、子どもたちに平等な教育を保障できないことになりませんか」

この種の平等論は学校だけではなく、社会のいたるところで広がっている。そしてたいていは、低いところに合わせるばあいに利用されている。個性は能力の差を意味しない。平等はうけとるものの量をいうのではなく、うけとったあとの状態をいう。十でよいばあいもあり、百でたりないばあいもある。しかし伊都子には、発言する気力は残っていなかった。

それを察知したらしい美音子が、立ち上がって短く言った。

「教員の個性が尊重されない学校で、子どもの個性が尊重されるでしょうか。副校長先生のご意見は納得できません」

あとにつづく発言はなく、校長の言葉で閉会となった。

「この印刷物は、やはり配布していただきます。家庭学習のなかみについては、いまはふれずにおきましょう」

たしかに、これは順位の公表とはちがって、いっけん、害のないことに見える。それだけに、広く深く侵食されるだろう。人事考課制度はまだ実施されていない自治体もある。通知表の評価項目は学校によってことなる。しかし「全国学力テスト」は、点ではなく面を、ひと筆でぬりかえてしまう。

職員会議が終わったとき、伊都子は立ちあがれないほど疲れていた。けれども、気取られたくはなかった。

「広瀬先生、『三』は貼った?」

「ええ、やっと。見てくださいますか」

「そうね。ぜひ」

伊都子は机に両手をついて立つと、慎吾について職員室を出た。廊下の空気がひんやりとここちよい。

「小林先生、さっきの『全径』の話、感動しました。子どもがいっしょうけんめい考えている顔がうかんできました。いまは塾でさきを勉強している子が多いから、自分で考える必要がないんですよね。でもぼく、そういう授業ができるようになりたいなあ」

「そう、ありがと」

「教室がちらかっているんで、さきに行きます。先生、ゆっくりきてください」

慎吾は小走りに教室へ向かった。

慎吾のかろやかな靴音が、伊都子の胸のつかえをおとしていった。ふと、ふしぎな感覚にとらわれた。疎外されるしかないと思っていたものを、新しがる人もいる。

「ひょうたんからこま」

と、伊都子はひとりごちた。

# 五章　ひでり雨

## （一）

きょうから十月である。朝の空には雲一つない。住宅地にそったゆるやかな坂をのぼっていくと、風にのってあまい香りが鼻に入ってきた。

「秋いちばん、か」

佐藤祐一郎は通勤の足をとめた。待っていたという気がする。ぐるりと見まわすと、古い家の庭にどっしりとした金木犀があった。樹齢はどれくらいだろうか。きのうまで気づかなかったのがふしぎだった。

金木犀は緑の葉のあわいにだいだい色の小花をつける。小指のさきにのるほど小さいが、密に束生するので存在感がある。盛りをすぎておちても色はあせず、地面に星屑を散りばめたようになる。たいていの人はそれを踏むのをためらうだろう。春を告げる風は「春いちばん」というのに、秋の風は「木枯らし一号」という。到来する厳しい季節へのそなえをうながすためだろうが、その季節を好む祐一郎は、金木犀の香りを「秋いちばん」と名づけている。

「これから通勤も楽しみだな」

と、祐一郎は笑みをうかべた。

祐一郎は四月にいまの学校に赴任し、三年生を担任している。いっしょに着任した初任者の指導教官にもなった。どの学年も二学級の中規模校なので、転勤したばかりであっても、初任者とくめばその役からはにげられない。

異動先がきまったとき、この学校についてわかれた評判を聞いた。もっぱら、校長のリーダーシップにかんするものだった。祐一郎は半年経っても校風になじめずにいる。

学校が見えてきた。登校してくる子どもがいたので、手を上げて「おはよう」と言い、すぐに、まずい、と思った。この学校ではあいさつのし方がきまっている。明文化されているわけではないが、校長が実行しているやり方だ。あんのじょう、男の子は立ちどまって両手を体のよこにぴたりとつけ、四十五度くらいも腰をまげた。それから息をすいこんで「おはようございます」と言った。祐一郎は恥ずかしかった。けれども、子どもがそうしているのに自分がしないわけにもいかず、「おはようございます」とこころもち頭を下げて言った。

「六年生？」

「はい」

「早いね、いつもこの時間？」

まえにもこの男の子を見かけたことがある。

「あ、あの、月、水、金はお母さんが早く仕事に出かけるので」

「そう、たいへんだね。クラブはどこ？」

「サッカークラブです」

「いまは野球よりサッカーのほうが人気があるのかなあ。先生の子どものころは、みんな野球だったけれど。学校から帰るとすぐ、グラブとバットとボールを持って、また学校に行くんだよ、野球をしに」

「え、校庭で遊んでいいんですか？」

「いいってわけじゃなかったかもしれないけど、先生におこられたことはないよ」

「ふうん……」

男の子は、いいな、と言ったような気がした。

正門をとおるとき、祐一郎が「きょうもがんばろうな」と言うと、男の子は小さく笑って体育館のよこに行った。

どの学校も登校時間はきめているが、ここではそれを厳しく守らせる。早くついたときは指定された場所に並び、昇降口がひらくまで待つことになっているのだ。雨の日に傘をさして並んでいる子どもを見たとき、祐一郎はおどろいて校長にかけあった。昇降口はすぐあけられたが、そのときの校長のひややかな表情は忘れられない。

祐一郎は校舎に入るまえに、校庭の飼育小屋のうさぎを見にいった。飼育委員会を担当しているからだ。むかしは動物の好きな子どもが集まったものだが、夏休みなどにも当番があるので敬遠され、じゃんけんで負けて入ってくる子どもが多くなった。うさぎは元気だった。

昇降口で、上下ともジャージをきた校長に会った。登校時間にあわせて校門に立ち、子どもをむかえるのだ。月、水、金は正門、火、木は西門ときめている。

祐一郎があいさつすると、校長はあわただしくこたえて飛びだしていった。すぐに、校長と子どもの元気な声が聞こえてきた。いつものことながら、ふしぜんな声に聞こえてならない。ふと、さっきの六年生のことを思い出した。母親が早く仕事に出る日というのが、校長が正門に立つ日とおなじだ。ひょっとしたら、校長に会うのをさけて早く登校しているのかもしれない。

校長はおしゃれな女性だが、校内ではいつもジャージにきがえ、出張のとき以外は校内を歩きまわっている。気になる子どもがいれば声をかけ、ごみがおちていればひろい、廊下の掲示物が外れそうなら貼りなおす。さらに、そのことを逐一担任につげる。事務仕事は勤務時間外にやっているようだ。家庭も持っているというから、そうとうバイタリティがある。

たしかに、これまでに会ったどの校長より行動的だ。どこの教育委員会も求める校長のリーダーシップを、彼女はまさに体現しているといえる。しかし祐一郎には、それがうまく機能

していると は思えない。滝が一方的におちてくるようなものだ。現実を見て自分の言動をかえることはしない。いつでもどこでもだれにでも、おなじことを要求するのが教育だと思いこんでいる。

三時間目がはじまって少し経ったころ、廊下で校長の声がした。小さく聞こえるほうの声は、初任者の郡司賢介だ。授業ちゅうに呼びだして話すのはよほどのことだろう。祐一郎は子どもに計算ドリルをつづけるように言い、廊下に出てみた。

「なにか、あったんですか?」

「ええ、まあ」

校長は賢介を教室に戻し、指導教官にも知っておいてもらいたい、とまえおきして概略を話した。

はじまりはきのうの中休みにあった。トイレのまえの手洗い場で、賢介の学級の龍人が友だちに水をかけたのだという。ほかの子どもが呼びにきて賢介はそこへ行ったが、事情を聞くと故意とは思えなかったので、きつく注意することはしなかった。校長は少しはなれたところでその場面を見ていた。

ところがきょう、やはり中休みに手洗い場で、龍人がべつの友だちに水をかけたのだ。とおりかかった校長が詰問すると、「おもしろいからやった」とこたえたという。

「あの子はまたやりますよ。どれくらいやったら本気でおこられるか、担任をためしているんですからね。善悪はきちんとわからせないと、あの子のためになりません」

と、校長は冷静に言った。

「でも、水をかけたくらいで……」

「はじめがかんじんですよ」

「しかしですね、おとなをためしているということは、救いを求めているということでもあるわけでしょ。見えることだけで評価するのは、どうも」

「授業ちゅうですから、時間があるときに話しましょう」

そう言って、校長は踵をかえした。

とりつくしまもない。たしかに、生活の中に過剰な刺激があふれるようになって、ふつうの言葉で注意してもその内容がとどかず、口調をあらげないと注意されていると思わない子どももいる。だが、そういう子どもにこそ言葉でつながらなくてはならない。祐一郎は、きょうのうちに賢介から事情を聞こうと思った。校長は賢介に対しても、子どもとおなじような口調で言ったかもしれない。

その日、月に一度の定例委員会が終わったのは勤務時間をすぎてからだった。祐一郎は生活指導委員会、賢介は特別活動委員会に所属している。前者は子どもの健康と安全、後者は子どもの集団活動にかんすることを相談することになっている。

職員室で待っていた祐一郎は、賢介が戻ってくるとすぐ、つれだって教室に向かった。

「三時間目に校長さんと話していたのはなんだったの？　龍人くんが水をかけたということは聞いたけど」

「きのうのぼくの指導がよくなかったから、またやったんだと言われました。子どもになめられちゃいけないとも……」

賢介は表情をくもらせた。

「校長さんの話は一般論。きみは担任なんだから、きみの考えはどうなの？」

「厳しさも必要だと思いますけど、龍人くんのばあい、わざとおこられるようなことをしているような気がするんです。さびしくて、かまってほしいような。親にあまえられないんじゃないかなあ」

「どんなところで、そう感じるわけ？」

「保護者会や防災訓練のひきとりにも来られなかったし、運動会や学校公開もほんのちょっと顔を出されただけです。忘れものが多いし、提出物は遅いし、友だちが楽しそうにしているとじゃましたくなるみたいで……いちばん気になるのは給食です。とにかく食べるのが早いんですよ。そしてなん回もおかわりします。がつがつしているように見えるから、とくに女子はいやがりますね」

「よく見ているねえ。きっと、生活がたいへんなんだろうよ」

「ええ。でも、そんなこと子どもには言えないじゃないですか。学級目標に『ひとりはみんなのために、みんなはひとりのために』なんて、かっこいいこと書いたけど、なんかむなしいっす」

賢介は、いまどきのわかものらしい言葉を口にしてうつむいた。

「きみの気持ち、わかるよ。いちばん切実なところを共感しあえないんだもんな。集団生活の意義もうすれるよ。おれは指導教官なんてがらじゃないけど、話し相手くらいにはなれるから、いつでも声かけてよ」

賢介はうなずきながら礼を言った。

ふたりで職員室に戻ると、みんなパソコンにむかっていて声一つしなかった。

「時数計算をしているんじゃないですか」

怪訝な表情の祐一郎に賢介が言った。

「そうか、九月は先週で終わったんだった。きみ、時数の伝票どうした？」

「伝票って……ぼくは週ごとに計算しておくんです。だから、もう提出しました」

「なるほど、おれもこれからそうするよ。いやなことをあとまわしにするのが、おれのおおいなる弱点なのよ……でも、きょうはつかれたからあしたやるわ。じゃ、おさきに」

笑っている賢介にあいさつしたとき、校長室から、五年担任の岡田和真がしぶい顔をして出てきた。四十代のはたらきざかりで、生活指導主任をしている。これは校長の任命によるのではなく、試験をうけて主幹に昇格した教員がなる主任である。

一抹の不安を感じながら、祐一郎は出勤札を裏がえした。

翌日も晴天であった。通勤とちゅうで金木犀の香りに心がなごんだが、きのうの六年生には会わなかった。校長はきょう、西門のほうに立つ。だから、安心して登校時間に来るのだろう。

職員朝会がはじまった。校長がいつもよりさらにはりのある声で言った。

「あす、五年一組の岡田学級に転校生が入ります。長谷川俊さんといいます。ひと言で言いますと、配慮を要する児童です。障害があるわけではありませんが、教室を出ていったり、乱暴をはたらいたり、まえの学校ではそういう行動が目立ったそうです。本校で、基本的なことを一からおしえるつもりでいなければなりません。学校として足並みをそろえて指導にあたる必要がありますので、ご協力をおねがいします」

校長が言いおわると、和真が立ち上がった。

「あまり心配はしておりませんが、まんいちのときはよろしくおねがいします」

すると、養護教諭が不安そうな声で言った。

「教室の外に出ていたばあい、具体的には、どうすればよいのでしょうか。保健室は、いつぐあいのわるい子が来るかわからないので、あずかることはちょっと……」

じっさい、保健室にはいつも子どもが来ている。授業ちゅうに不調をうったえるのだ。すぐに戻そうとする教員もいれば、ようすを見にこない教員もいて、子どもより担任への対応がむずかしい、と彼女は祐一郎にこぼしたこともある。

和真が苦笑しながら挙手した。

「保健室にめいわくをかけることはありません。見つけたら教室につれてきてください。それがむりなときは、どなたかがわたしに知らせにきてください」

きゅっと空気がちぢこまった。

すぐ、副校長が発言した。めずらしいことだ。

「わたしもきめ細かく見ていくようにしますので、先生がたは、あまりかまえたりなさらないでください。おねがいします」

祐一郎はふしぎに思った。副校長は校長や和真とは異質なことをたのんでいる。先入観を持つな、と言っているのだ。ひでり雨のようにこころもとないが、祐一郎の心をうるおした。

「校長先生が転校生のことを話されるのははじめてなので、どんな困難をかかえている子どもなのか、簡単に話してほしいです」

一年生の担任が言った。祐一郎とおなじ組合員である。

「それは人権にかかわることですから、もうしあげられません」

小さなざわめきが起こったので、校長は語気を強めた。

「どんな子どもであろうと、人として身につけなければならないことはおなじです。わたしたちはそのことに、粉骨砕身するだけです」

自分よりわかい校長の時代がかったもの言いに、祐一郎は不穏なものを感じた。

「人として身につけることとは、具体的にはどんなことですか」

こんどは祐一郎が言った。

「善悪の判断がつく、人にめいわくをかけない、きまりを守る、だれとでもなかよくする……まだつづけますか」

校長は不快感をあらわにした。

一つひとつを取りだしてみれば、どれもただしい。ただ、おとなの基準をあてはめるのはまちがっている。子どもは成功や失敗をくりかえして成長していく。しかし、子どもの発達段階をとらえられる教員は少なくなっている。けっかとして、促成栽培のように子どもを育てようとする。

「もう授業もはじまります。人として大切なことをていねいに、長谷川さんとむきあって指導していく、ということでよいのではないでしょうか」

と、ふたたび副校長が口をひらいた。いたたまれないという心情が見てとれた。

困難をかかえた転入生のばあい、受けいれるほうの気持ちが重要になる。かける言葉のニュアンスがちがってくるからだ。そしてそういう子どもほど、ちがいに敏感なのである。

それにしても、副校長の態度はなぜいつもとちがったのだろう。とくに校長にたいしていら立っているように見えた。真意ははかりかねるが、発言の断片は祐一郎の心に残った。

中休みが終わるころ、祐一郎はトイレのまえの手洗い場に行ってみた。龍人がまただれかに水をかけるかもしれない。それに賢介の見たてどおりの子どもなら、理由を知る糸口くらいつかめそうな気がする。注意するだけでは意地をはるにちがいない。

トイレの中から男子の一団が出てきた。龍人の動きをおっていると、どこにいたのか、とつぜん校長が姿をあらわした。そして龍人のそばに行き、肩をぎゅっとつかんでにらみつけた。龍人は負けずににらみ返し、校長の手を肩でふりはらってかけ出した。校長はそのうしろ姿にきつい言葉を投げた。

「廊下ははしらない」

祐一郎はだまっていられなかった。たたみかけるように龍人をおいつめている。声をかけると校長は言った。

「きょうは未然にふせげました」

「でも、あれじゃあ」

と言いかけたとき、学級の男子が子犬のようにまとわりついてきて、口ぐちに、トイレから出て手を洗わなかった子がいると言いつのった。

「わかった、わかった」

「きまりを守らなかったんだから、やりなおしだよね」

「いっつも、洗わないんだよ。いけないよね」

「はい、はい。いけないことはいけない」

祐一郎はあいまいな返事をしながら、子どもをひき連れたかっこうで教室に戻った。けっきょく校長とは話ができなかったが、このままでよいはずはない。校長をにらみ返した龍人の目が、祐一郎の脳裡にやきついて消えなかった。

三時間目の授業をしていると、だれかが入口の戸をたたいた。校長かと思ったが賢介であった。

「龍人くんが荒れて、授業に集中できないんです。二時間目まではふつうにしていたんですけど」

「どんなようすなの？」

「消しゴムをわざと遠くに投げて、目立つように取りにいくし、行きがけの駄賃みたいに友だちのノートをぬりつぶすし、みんなが注意すると『うっせえ』の連発で、ぼくがそばに行くと机の下にもぐっちゃうんです」

「わかった、こうしよう。龍人くんのおでこをさわって、熱があるみたいだから保健室に行っておいでと言うんだ。おれが手紙を書いて保健室に持っていかせるよ。しばらくあずかってくれるだろう。しんけんな顔で言うんだよ。先生っていうのは役者みたいなもんだからさ」

「はい、かんばります」

賢介が笑顔になったので、祐一郎はいくらか安堵した。すぐに保健室につかいを出した。ほどなく、龍人が教室を出ていくのが見えた。

龍人の荒れた原因が校長の対応にあるのは明白だった。しかしひとまずはのりこえても、解決したとはいえない。

子どもが下校したあと、賢介が顔を出した。

「佐藤先生、うまくいきました。ありがとうございました」

賢介は頬を紅潮させ、声もはずんでいた。

ようすを聞くと、龍人のひたいに自分のひたいをあてて、熱がある、と言ったらしい。そして、四時間目のおわりころ友だちをむかえに行かせた。龍人はてれながら戻ってきたという。賢介は祐一郎の助言をうわまわることをした。自分のひたいをあてたり、むかえに行かせたり、親身になっていなければ思いつかない行動だ。

「やるじゃないか。むかえに行くのをいやがったりしなかったの？」

「ぼくもそれが心配だったので、ゲームみたいにしたんです。『龍人くんをむかえに行ってくれる人、この指とまれ』と言ったら、なんと、じゃんけんになるほど集まったんです。子どもって、いろんな感情の芽を持っているんだなあと思いました」

「きみ、ほんと、いいこと言うね。それを伸ばしてやるのが、おれたちの仕事だよ」

祐一郎は、わかい賢介が自分をこえていくのが嬉しかった。学校がどんなに困難を背負わされても、親身になれる教員がいる限り、学校は死なない。

しかし、それでは終わらなかった。祐一郎は、龍人が荒れた原因を話さなければならない。

「それじゃ、校長先生に反抗したわけですか」

賢介は少しおどろいた顔で言った。

「校長さんは校長さんで、ちゃんとした子どもに育てなきゃ、と思っているんだけどね」

祐一郎は校長をかばうのに、ちゃんとした、という言葉しか見つけられなかった。

「龍人くんのこと、いちおう、報告しといたほうがいいと思うよ。きみは事情を知らなかったことにしていいから」

「そうですね。研修日誌に書きます」

と賢介は言った。

これが自分の学級のことなら、祐一郎は異議申し立てをする。それを機に教育について論じあえるならなおいい。けれども、賢介をとびこえて行動すべきではない。むりに説得しようとすれば、ふたりの関係ににごりが生じるような気がする。


つぎの日、校長の言ったとおり、五年一組に転校生が来た。担任は和真だ。転入は学期のはじめに多く、始業式のおわりに全校児童に紹介するのだが、とちゅう転入のばあいは校長室で待ち、担任といっしょに教室に行くことになる。苦しい事情をかかえていることが多い。

職員朝会が終わって祐一郎と賢介が廊下へ出ると、ちょうど和真たちが校長室から出てきたところだった。おとなにはさまれた俊は短髪で大きくも小さくもない。持ちものもほかの子どもとかわらない。ただ、上履きのかかとがつぶれているのが気になった。まえの学校ではかかとをふんでいただろう。だれかに言われて、きょうはちゃんとはいているという感じだ。この学校ではみんな、きちんとはいている。うしろ姿から倦怠感がにじみ出ていた。

「お父さんにしてはわかいですよねえ。いっしょにいた人」

と、賢介が言った。

「そうだった?」

「お母さんは来なかったんですね」

賢介のつぶやきで、祐一郎に一つの考えがうかんだ。俊は施設にいるのではないだろうか。まえに副校長から、学区に小規模のグループホームがあると聞いたことがあった。

家庭訪問がなくなり、個人面談も希望者だけとなって、子どもの生活環境が見えにくくなっている。それで守られるプライバシーもあるだろう。しかし、危機につながるプライバシーがかくれてしまうこともある。教員がなんのために子どもの生活環境を知ろうとするのか、そこが理解されにくくなっている。

三時間目は音楽専科の授業であった。子どもたちを音楽室におくりだし、祐一郎は教室で漢字ノートに目をとおしていた。しばらくして、だれかが階段をかけ下りてきた。

「待って、どこ行くの」

副校長が俊をおいかけている、祐一郎はとっさにそう思った。三階には五年生の教室がある。足音は一階まで下りていった。祐一郎は教室を飛び出した。階段のなかほどにかたほうの上履きがおちていた。記名はないが俊のものにまちがいない。祐一郎はそれを拾ってあとをおった。

ふたりは昇降口にいた。出ていこうとする俊を副校長がうしろから抱きとめている。俊は抵抗してしりもちをついた。もうかたほうの上履きが飛んでいった。副校長は自分もたおれながら、それでもおだやかに言った。

「どうしたんだい。来たばかりじゃないか。先生は俊くんのことをなにも知らない。なにがあったのか、話してくれないか」

祐一郎はおどろいた。この人は、こんな場面でこんなことが言える人だったのか。

俊の体がみるみるしぼんでいった。

「副校長先生に話してごらんよ。解決できることかもしれないよ」

と、祐一郎も言った。まっすぐに質問され、まっすぐに返答する。そういった経験が少ないのかもしれない。副校長はすわったまま、俊の肩をさすっている。

校長がはしってきた。用務主事が気づいて知らせたのだ。祐一郎も副校長もすわって校長を見上げるかっこうになった。校長は冷静をよそおい、眼鏡のおくの光を消して言った。

「立ちましょう。それじゃ、話もできないでしょ」

優しそうな声がふってきた。だれに言ったのかはわからない。俊は立たなかった。

「もうすぐ授業が終わりますから、みんながここをとおります。見られてもいいの？　じゃ、校長室に行きましょう。先生がちゃんと長谷川さんの言いぶんを聞いてあげます」

校長が手をさし出すまえに、副校長が俊を立たせ、尻の砂をはらってやった。祐一郎は上履きをそろえて俊の足もとにおいた。

「佐藤先生にそろえていただいたのよ。ちゃんとお礼を言いなさい」

祐一郎は理解できなかった。なぜそんなことをさせるのか。俊の気持ちをえぐるようなものだ。

「いいから、いいから。早くはきな」

俊は観念したように立ち上がり、上履きに足を入れた。校長はまだうでぐみをしてじっと見ている。俊はつぶれたかかとをひっぱって、きちんとはいた。校長は俊の背中に手をあてて校長室に向かった。なにを話すのかはわからない。けれども、そこを支配する空気は想像がつく。俊はあきらめることを学習した、と祐一郎は思った。

残ったふたりが顔を見あわせていると、和真が階段を下りてきた。泰然としているように見えた。

「いま、校長先生が校長室に連れていかれました」

副校長が言うと、和真は苦笑した。

「そうですか。ごめいわくをおかけしました。ちょっと目をはなしたすきに……初日からこれですからね、あいつは大ものですよ。ちょっと校長室に行ってきます」

言葉のはしばしに虚勢が見てとれる。たかをくくっていたのだ。しかし、教員なんかより苦労している子どもはたくさんいる。矯正という発想から出るものは、そんな子どもの心にはとどかない。

「こまった子は、こまっている子なんですよねえ」

「おっしゃるとおりです」

祐一郎のつぶやきに、副校長ははっきりと同意した。

昼休みになるとすぐ、祐一郎は職員室に行った。俊のようすがわかるかもしれない。副校長が机で仕事をしていた。

「あれから、どうなりましたか」

祐一郎がきくと、副校長は声をおとした。

校長室にいた時間はみじかく、四時間目のとちゅう校長がつきそって教室に戻り、給食をみんなといっしょに食べたという。

「俊くんの表情、見ましたか」

「いいえ」

「理由は話したんですか」

「わたしに報告はありませんが、たぶん、話していないと思います」

祐一郎には解せなかった。どんななりゆきで教室に戻ったのだろう。

外部には、この校長の力に敬意をいだいている人もいる。批判する人もいる。かんじんの校内は、いつも波立っていて考えるひまもない。

「まあ、それなら、とりあえずは」

祐一郎はそう言うしかなかった。けれども、はっきりとわかった。公教育の力がためされている。

あくる日は金曜日であった。三年生にとって週末の六時間授業は厳しいが、授業時数を確保するため、どの学校でも実施している。

祐一郎は授業をしながらも、俊のことが気になっていた。きょうは校長も副校長も校内を見まわることになっている。

「先生、副校長先生までうろうろしてたよ。どうしたの?」

水を飲みに行っていた子どもが、手の甲で口をふきながら言った。

「さあねえ。危険なところがないか、調べているんじゃないの」

「地震が来るかもしれないから?」

「そうそう、地震はこわいからねえ。配り係さん、このノート配って」

祐一郎が立ち上がったとき、階段をかけ下りる音がした。俊が飛びだしたのにちがいない。戸をあけて見ると、階段のほうから話し声が聞こえた。校長と副校長だ。

「昇降口はわたしが行きます。あなたは屋上。鍵、かけてありますね」

「はい、けさ、たしかめてあります」

副校長は上に行った。

「てつだいましょうか」

祐一郎が近づくと、校長はけわしい顔で、

「授業があるんじゃないですか」

と、言いすてて階段を下りていった。

管理職と担任の三人でかかえこむつもりなのだ。疎外するということは信用していないということだ。それでうまくいくはずがない。俊は専科の授業でも、クラブ活動や委員会活動でも、担任以外の教員とふれあう。そういった教員は、職責をまっとうする必要がないといっているのとおなじだ。

「このままではすまなくなるな」

と、祐一郎はつぶやいた。

けっきょく、なにが起こったのかはわからなかった。放課後も予定どおりの会議があり、そのあとも、各自がいつものように自分の仕事をしていた。ただ、校長室では話し合いがつと、早く家に帰りたいと思った。ゴールデンウィークのときは寒かった風も、気がつくと、暖かく初夏の訪れに近づいているようだった。

祐一郎は不満をかかえながら、さっさと帰る用意をした。

「あれ、時数計算、終わったんですか」

賢介がいたずらっぽい顔で言った。祐一郎は片目をつぶってみせた。

外は薄暮であった。金木犀の香りが流れてくる。それを大きく吸いこんで歩を早めた。

やっと家につき、重いドアを押しあけた。

「ただいま」

おくからスリッパの音が近づいてくる。

「おかえり」

靴をぬぎながら顔を上げると、妻がうでぐみをして見おろしていた。

「わっ、校長かと思ったじゃないか」

「わるかったわね」

「ごきげんななめか」

「ねえ、聞いてよ。もう、あったまきちゃう」

妻が背後霊のようについてくる。祐一郎は大きくため息をついた。

## （二）

祐一郎が妻の未希子と出会ったのはさいしょの学校であった。二年おくれて未希子が新規採用者として赴任してきた。大半が組合員という職場だったので、ふたりともすぐに誘われて加入した。未希子はいま、少しはなれたところにある市の小学校に勤務している。

そのころは、まだ学校にもゆとりがあった。初任者研修といってもそれほど綿密ではなく、同期の代表が研究授業をし、それを参観して協議するていどであった。勤務時間が終わるとテニスや卓球に興ずることもあった。市内の小中学校の教職員が集まって、年に一、二度、互助会主催の大会が行われていたので、時期になると、けっこう練習していたものだ。職員旅行をしている学校も多かった。

とうじも学校に課題がなかったわけではない。八〇年代は中学校の一部の生徒による校内暴力があり、それが小学校にも下りてきそうな感じはあった。とうじの文部省が入学式や卒業式での「日の丸」「君が代」の徹底を通知したり、小学校社会科指導要領のおしえるべき人物に東郷平八郎を入れたり、歴史の逆行を思わせることも多かった。

しかしそれでも、いまのように同僚にも本音をもらせない、生き馬の目をぬくような息苦しさはなかった。学校に課題があることはみんなわかっているが、その原因の分析と対策について、現場と行政では考えることがまるでちがった。学級の定数を減らし、教員を増やし、学習内容を精選すれば、それだけで解決する問題は多かろう。しかし、そんな単純明快な対策は出てこないのである。

祐一郎が食卓につくと、未希子がパンフレットを見せた。教育委員会が作成したものである。表紙には大樹を見上げた写真にかぶせ、「ぐんぐん伸びる！　○○っ子　家庭学習ガイドブック」と、市名を入れて書いてあった。下のかこみの中に「自分で考えるという力を身に付けよう！　できると楽しい！　成長するから楽しい！」と、漢字にはすべてルビをふって書いてある。

「なんだか、しらける文言だなあ」

「それがとつぜん配られたのよ。中も見て」

見ひらきのページには、小学校の低・中・高学年、中学生にわけて、家庭学習の目標時間と内容が書かれていた。時間は三十分から七十分まで段階的に長くなり、内容には高学年から予習復習が入ってくる。授業についていけない子がいることを暗示している。

「中学生向けの内容はひどいな。『やれるときにやるのではなく、毎日決めた時間にやれば、学習することを意識せずに続けることができます。今日の学習でわからなかったところ、新しく出てきた漢字や言葉をとにかくノートに繰り返し書きましょう。』だとさ。まるで調教しているみたいだ」

「その保護者向けのも見て」

それは見ひらきのあいだにはさんであった。「毎月十一日は『家庭学習の日』」という見だしで、十一日にわざわざ「いいひ」と読み方がしめされている。しかし内容は「毎日、決まった場所で、決まった時間に、テレビもゲームも消して勉強する」というものだった。さらに「学習できる体と環境をつくる、子どもと一緒に過ごす、ほめて認めて励ます」と要求している。

「なんか、現実ばなれしているよなあ。こんな暮らしができる世の中なら、だれも苦しまないよ。なにも見ちゃいないいんだな」

「でしょ？　だから校長に言ったのよ。そしたら『だからこそ啓蒙が必要なんだ。学校が言わなかったらだれが言うんですか』だって」

「で、十一日はどこいった」

「それよ。ちゃんと実行したかどうか、つぎの日に調査するんだって」

「それ、介入だろ」

「あたし、そんなことできない、やるなら市教委がやるべきだって、言ったわよ」

未希子は話し終わってすっきりしたのか、おかわりに立った。

祐一郎は考えこんでいた。パンフレットに書いてあることは、表現こそちがえ、自分もすすめてきたことだ。ほんとうのところ保護者はどううけとめていたのだろうか。だが、共感するものはあった。子育ては思いどおりにはいかない、それでも子どもはかわいい、ある種の連帯感だ。学校での子どものようすを知って目を細め、保護者のほうに少し力がわく。それは持続しにくいものだから、つぎの保護者会でまた充電する。そんなつもりでやっていた。

「こうすればこうなるはずだ、という確信はどこからくるんだろうな」

「さいきん、なんとかスタンダードというのがはやっているでしょ、生活態度の標準を形にするみたいな。これはその家庭版よね。みんながみんな、家でも学校でもおなじことをするなんて、ぶきみよね」

祐一郎は、校長がそういったものを出してくるのではないか、と考えていた。明文化されていないだけで、形から入るというやり方はすでに実行されている。それが俊にはつうじない。方法をみなおすのではなく、さらに強化してくるにちがいない。

ふたりは不満をぶつけながら夕食を終えた。

よく土曜日、祐一郎は朝からごろごろしていたが、気分転換に出かけることにした。気にいったＣＤでもあれば買うつもりだ。未希子に昼食は不要だと告げて駅にむかった。

電気店が軒をつらねるこの街はいつも人であふれている。祐一郎はなん軒かまわってＣＤを一枚買った。昼食をとる店をさがしていると、わかい女の声で名を呼ばれた。

「佐藤先生？　やっぱし。じゃないかと思ったけどさ、ずいぶん薄くなってたから、まよっちゃった。あたし、関根瑠美だよ。おぼえてる？」

「ああ、瑠美か。もちろんおぼえてるよ」

と、祐一郎はおどろいて言った。

髪を茶色に染め、のぞきこまなければ目が見えないほどのつけまつげをしている。それでも面影はあった。人なつこい舌たらずの話し方は、十年まえに担任していたころのままだ。もう高校は卒業しているだろう。

「すっかりおとなになったなあ、見ちがえたよ。昼、食った？　じゃ、いっしょに食おう」

瑠美のすすめで、ビルの五階にあるイタリア料理店に入った。昼どきをすぎていたので席はすぐに見つかった。祐一郎は瑠美のうしろからついて行った。瑠美は慣れたようすで聞いたことのない料理を注文し、祐一郎はミートソースにした。

「元気だったかい？　もう高校は卒業？　先生はあいかわらず、ちびちゃんたちの相手をしている。これがかわいいんだ」

「孫みたいじゃん。あたし、高校は卒業したよ。いまは、アイドルしてる」

瑠美はジンジャーエールをストローで掻きまぜながら言った。あめ色の小さな泡が上がってくる。

「えっ、テレビに出てるのか」

「そんなんじゃないよ。そういう人はほんの一部、あたしオーディションにおちたし。このへんには小さなライブハウスがいくつもあんのね、そこのステージでやってる。地下アイドルっていうんだよ……もぐりなんかじゃないよ。ちゃんと歌ったり踊ったりする」

祐一郎の疑念を察知したのか、瑠美は自分から説明した。メジャーデビューを夢みて、多くの女の子がおなじようなことをしているのかもしれない。けれども、くわしくきくことはできなかった。性にともなう不安が頭をよぎる。

「給料はちゃんともらえるのかい」

「きまってない。ファンに売ったチケットのバックと物販できまるの。はじめのころ、ファンもいなくて、からっぽの給料袋をもらったことあるよ」

「それ、問題だぞ。労働基準法に違反しているからね。ただばたらきなんて……労働者を守る法律がちゃんとあるんだよ」

「あたし、労働者じゃないよ。アイドルだもん」

きょとんとした顔で瑠美は言った。

祐一郎は二の句が継げなかった。瑠美の無知につけこむおとなのやり方が許せない。夢のために現状をうけ入れ、自分をおとしめていく。葛藤を生むだけの自尊心がなければ、とめどなく流されていくだろう。学校教育は大切なことをおしえてこなかったのではないか。

「その仕事、好きかい？」

「うん。ファンがもりあがってくれると、あたしを見ていてくれるんだなあと思えるもん。でも給料は少ない。だからみんな努力している。ハグしたり、テブラでチェキ撮ったりする人もいる。あたしはしないけどね。あ、チェキって写真のこと。プリクラみたいな」

「テブラって？」

祐一郎が解せない顔をしていると、瑠美はてのひらを胸にあててみせた。視線がてのひらの下に行く。

「上だけだよ」

瑠美がさきまわりして言った。その言い方のなにげなさがまた、祐一郎の胸を刺す。

「そうか、みんながんばってるのか。でも、そんなことしなくても瑠美はかわいいからだいじょうぶ」

瑠美の小学生のころを思い出した。勉強は好きではなく、おしゃれに熱中していた。あけすけな交換日記やバレンタインデーのチョコレートのことでは注意もした。うわついたところがあって、気になる子どもではあった。しかし、もう子どもではない。たまたま目についたところに、したり顔で口をはさむことはできない。よくもわるくも、人は社会の中で育つしかないのだ。

「あたし、もう行くね。いちおう、リハもあるんだ。そうだ、先生、あたしのステージ見にきてよ。給料も増えるし……」

祐一郎は狼狽した。瑠美はいたずらっぽい目でわらった。

「うそだぴょーん。先生、学校がんばってね。あたしもがんばるから」

「がんばるとも。瑠美もな。あ、ここはいいよ。せめてもの先生からのエールだ」

「ラッキー。ありがと」

瑠美のがんばりと祐一郎ののぞむがんばりはちがっている。そう思いながらも、祐一郎ははげまさずにはいられなかった。

ふたりは店を出ると、右と左に別れた。少し経って、瑠美の声が背中にとどいた。

「先生、元気でね」

「おう。瑠美も元気でいろよ」

瑠美は大きくうなずいて手をふった。

週があけても、転入生の俊の状況はかわらず、それが全体に知らされることもない。あくまで管理職と担任だけで対応するつもりなのだ。

けれども、副校長からききだした話によると、五年一組では、ほかの子どもたちもおちつかなくなっているという。俊が叱責されていたり、教室を飛びだしたりするすきに、グループで教室をぬけ、屋上に行く階段の踊り場に集まるようになった。ひとりではないから、どこかで合図をおくっていることになる。注意してもだんだん開きなおるようになったらしい。

そんなある日、校長が激昂しながら階段を下りてきた。祐一郎がおどろいて顔を出すと、担任の和真もいっしょになって俊をおいかけていた。もう和真だけでなく、校長のおさえもきかなくなっている。

三階の廊下では、副校長がほかの子どもたちを教室に入れようとしていた。声はおだやかではなかった。祐一郎は学級の子どもに課題をあたえ、副校長の手だすけをするつもりで三階へ行った。もう子どもの姿はなかった。教室の中から副校長の声がした。いつものおだやかな声に戻っている。祐一郎は廊下で聞き耳をたてた。

「きみたちは、どうして俊くんのまねをしようとするの？」

「まねじゃない。俊の気もちわかるもん。こんなところ、いられねえって気もち」

「俊くんがそう言ったの？」

「そうだよ」

「なにがあったの？」

「うちはいろんなルールがあんの。机の上で筆箱とかをおくところもきまってんだけど、俊はそれやんないし、なんでそんなことさせるんだって文句言うし……そいで先生がきれて『ルールが守れないなら出ていけ』って言ったんだ」

「だから、俊は『こんなところにいられっか』って言って出ていったんだ。先生に言われたとおりにしただけだよ、なあ」

かなりの声が同意していた。これを力でおさえようとすれば、もっと範囲が広がる。ときどき、ほかの学級の子どもが教室から顔を出してようすをうかがってくる。祐一郎はてのひらを向けてひっこませた。

学級の中に和真に対する不満がある、と祐一郎は実感した。俊が疎外されないのはよいことだが、その共感はいっぽうで、大きな危険をはらんでいる。個別指導と全体指導を一体のものとしてやっていかなければならない段階だ。

副校長のいちだんとおだやかな声がした。

「きみたちは、それが俊くんのほんとうの気もちだと思うのかい？ 先生にはそう思えない。やっぱり、みんなといっしょに勉強したり、遊んだりしたいんじゃないのかなあ。だって、きみたちはこんなに俊くんの気もちがわかるんだから、いごこちがわるいはずはないじゃないか。そうだろ？」

祐一郎が納得しながら聞いていると、校長がひとりで戻ってきた。無言で祐一郎に一瞥を投げ、しずかに教室の戸をあけた。副校長が出てきた。

「とても教室に戻せる状態ではありませんから、とりあえず資料室につれていきました。これからそこを別室にするので、つかえるようにあとで整備してください。担任は教室に戻さなければなりませんから、きょうはかわりに資料室で面倒をみてください」

「わかりました」

副校長は小声で返事をし、祐一郎とは目を合わせずに階段を下りていった。

「校長先生、別室ってどういうことですか。ちょっと聞こえたもんで」

「あとで、みなさんに報告します。学習権を守るためのやむを得ない措置です」

「だれの学習権ですか？」

「……佐藤先生、授業ちゅうじゃないのですか」

校長は言いすてて立ちさった。

祐一郎が階段を下りていると、和真が上がってきた。

「たいへんそうだね」

声をかけたが、和真はけわしい表情のまま無言で教室にむかった。開口いちばんになんと言うだろう。それを考えるだけで祐一郎は気が重くなった。

その日の放課後、副校長の声で校内放送があった。

「先生がたにお知らせします。本日の教科部会のまえに臨時の打ち合わせを行います。短時間で終わりますので、職員室にお集まりください」

だれもが俊のことだと思っただろう。祐一郎は短時間という言葉にひっかかった。一方的に報告だけするつもりなのだ。教員が緊張したおももちで集まってきた。

校長が立ち上がった。

「きゅうにもうしわけありません。長谷川俊さんのことです……」

校長は俊の行動がほかの子どもにあたえる影響について話し、結論として、資料室で勉強させることもでてくると述べた。別室という言葉はつかわなかった。

職員室はしずまりかえった。しかし、けっして平らなのではない。だれの心もざわついているのだ。反対すれば、それならどうするのかと問われ、そのこたえに責任を持たなければならなくなる。だが、そんな確実な指導法などあるはずがないのだ。その思いが教員の口をふさいでいる。目のまえの子どもが苦しんでいるとき、方法は見えなくても胸がいたむのなら、そのいたみを出しあって、そこから方法を見つければいい。けれども、そういった手塩にかけて育てるような仕事はできなくなっている。

「俊さんの指導はだれがやるのでしょうか」

ひとりが質問すると、校長がすぐこたえた。

「学習内容は担任の岡田先生に決めていただき、原則として、わたしと副校長先生が指導します。ただ出張もありますので、そのときは、空き時間の先生に入っていただくこともあるかと思います」

つづく質問も出ず、このまま終わるように思われた。しかし、祐一郎は見すごせなかった。

「校長先生、言葉はちがいますが、これは隔離ですよね。本人と保護者の了解、学級の子どもへの説明、それはどうなっているのですか。体調がわるいときに保健室で休むように、心のバランスがくずれたときに、おちつかせるための手だては必要だと思います。しかし、このやり方はいいとは思えません」

すると、六年担任のひとりが挙手した。

「わたしも、学級の子どもへの説明が気になります。おなじ三階ですから、みんな俊さんのことは知っています。批判的な子どももいますが、なかには英雄視する男子もいます。俊さんに対する学校の対応は大きな影響をあたえると思います」

「俊さんが荒れているのを見かけたときは、すぐ資料室につれていくのでしょうか。理由がわからないと話もできません。抵抗している場面を子どもが見たら、子どもの口から保護者の耳にも入るんじゃないでしょうか」

報告ですませるつもりのところに質問がつづいて、校長は気色ばんだ。

「子どもたちには、転校してきたばかりでおちついて勉強できずにいる、と言ってください。あくまで、これは当座の対応です。もちろん、子どもや保護者にも納得してもらえるような方法を考えています。来週の職員会議で提案しますので、それまではご協力をおねがいします」

そう言って、校長は校長室に入った。こんなことははじめてだ。

「では、短時間でもけっこうですから、教科部会をひらいてください」

教務主任が呼びかけた。もう勤務時間をすぎている。けれども、抗議すれば別の日に設定されることになり、それもまた勤務時間外になるのだ。

つぎの日もそのつぎの日も、三階はしずかであった。祐一郎は不審に思い、副校長をつかまえてきいてみた。和真が「資料室に行くか」と言うと、俊はしずかになるのだという。

「それじゃ、脅しじゃないですか。これですむとは考えられませんよ」

祐一郎が言うと、副校長も深くうなずいた。

その予想はあたった。週明けに俊はまた教室を飛びだした。二時間目がはじまったころだった。たまたま廊下にいた祐一郎の耳に、はっきりと俊のさけぶ声が聞こえた。

「うっせえ、出ていってやるよ」

そして俊は階段をかけ下りてきた。祐一郎は俊をだきとめた。

「どうしたの。ちゃんと話してごらんよ。いやなことがあったんだね。でも、話してくれなければ解決できないじゃないか。全部はできなくても、少しは解決できると思うよ。学校は子どもを育てるためにつくられたんだからね」

俊の呼吸が少しずつおちつき、祐一郎は手ごたえを感じた。ちがう場所で話そうと立ち上がったとき、校長と副校長が近くにいるのに気づいた。

「いま空き時間なんで、ぼくが」

そう言うと、校長はなにも言わずに踵をかえした。いつもなら、祐一郎に重要なことをまかせたりしない。資料室のまえまで行って「ここでいいかい」ときくと、俊は口をとがらせたままよこを向いた。拒否反応ではなかった。

「なにがいやだったの？」

「筆箱を右側におけって言うから」

「ん？」

「机にこうおけって言うの。でもおれは左ききだから、こうおいたほうがいいの。なのに、ルールだからやれって、そればっかし。意味わかんねえよ」

俊がてのひらを机にたたきつけるようにして示したところは、ものの十センチもはなれていなかった。そのわずかの距離が、俊を傷つける凶器になるのだ。

「そうだなあ、左ききならそっちのほうが便利そうだねえ」

俊がふりあげたこぶしをおろしていくのがわかった。

祐一郎は俊とおなじ向きにすわり、まえの学校のことなどをたずねた。断片的な言葉をつないでいくと、勉強をきらっているのがわかった。とりわけ算数では、くり上がりの計算も確実ではないように思われた。人間関係がうまくいかなくなってからは、体育の授業も見学することが増えたようだった。

ふと、瑠美のことを思い出した。似ているところがある。粗暴な行動はとらなかったが、おしゃれや芸能界へのあこがれという形になって出た。どちらも、認められたいという願望のあらわれであろう。

二時間目のおわりのチャイムがなった。教室に戻ろうと声をかけたが、俊は大きくかぶりをふった。予想どおりの反応だ。

「でも、ひとりにしておくわけにはいかないし。しかたない、校長先生を呼んでこよう」

「やだ、ぜったいやだ。ひとりでいい」

「それはできないよ。地震でもあったらいっしょに避難できないだろ？　そんな無責任なことはできないさ……そうなると、副校長先生しかいないよ、もう」

祐一郎のおもわくどおり、俊はだまっていた。

職員会議の日になった。

俊は日によって差はあるが、ずっと自分の教室にいることはない。だれかがおいかけ、だれかが資料室で相手をした。それは勉強というより雑談をしているようなものであった。もんだいは校長の態度の変化にあった。ほかの学級にも影響が出はじめたことで、学校全体がざわつき、それをしずめようと教員の言動も大きくなった。はたして疲労は倍加した。そんななか、校長の見まわりは減り、校長室をしめきって仕事をすることが増えた。だれの目にも逃げているとしか見えない。それが教員の不信感をつのらせていった。

職員会議では展覧会のことが中心であったが、低学年は担任が指導するものの、三年生以上は図工専科が指導するので、運動会や学芸会にくらべて確認事項も少なく、時間はかからなかった。「君が代」が流れることもなく、会場に「日の丸」がはられることもない。

黒板にはさいごの議題として「学校長より」とだけ書いてあった。提案内容は運営委員会にかけ、文書は事前に配布することになっているが、まだ配られていない。組織的に検討されたものではなく、校長の私案ということになる。

副校長がプリントを配ってまわった。表題に校名を冠して「スタンダード」と書いてある。いま広がっている、学校生活の標準をしめしたものだ。俊が手に負えなくなったので、自分の力以上の強制力を発揮するものが必要になったということだ。それは教員の敗北宣言とかわらない。

　校長の発言がはじまった。

「……いっぽうで、俊さんのもんだいとはべつに、ほかの多くの子どもの学習権を保障する手だてが必要であると考えました。いつどこでだれが指導しても、おなじことがつたわり、おなじ結果がうまれる、というようにしたいのです。それは保護者にたいする説明責任をはたすことであり、子どもにとっては目標を可視化するということです」

「わたしもはじめて目にしましたので、ここで読む時間をとります。そうでなければ意見も出せませんから」

　と、司会がおどろいた声で言った。

　それには、学校生活のきまりがいくつも書いてあった。俊が抗議した筆箱のおき方も校長が実行していたあいさつのし方も、学校全体でやることになる。ほかにも、発言するときは「はい」と言って立ち、椅子をしずかに机の下に入れ、発言のさいごに「です」をつける、というのもある。それらはすべて、できていなければやり直しさせる。

　祐一郎がもっとも気になったのは「みんなのめいわくになることはしない」「三回注意されたらべつの部屋で気持ちをおちつかせる」という項目であった。べつの部屋とは資料室のことだ。俊への対応も、こう書いておけば説明がつく。

女性教員のひとりが挙手した。

「めいわくとは、具体的にどういうことをいうのでしょうか。それが曖昧なら統一した指導にはならないわけですし、やり直しも度がすぎれば罰則とおなじではないでしょうか」

「三回という数字の根拠を説明してください」

おなじような意見がつづいた。校長がすっくと立ち上がった。

「先生がたは、注意してもきかなかったとき、どうなさっているのですか。注意はするけど改善しなくても大目に見る。それなら注意しないほうがましですよ。われわれは、自分の要求に責任を持つべきです」

祐一郎は挙手した。

眼鏡のおくからにらみつけるような顔で言った。空気がこわばった。

「ようするに、これは水戸黄門の印籠でしょ。対応にいきづまったから、権威あるものを見せてしずめようとするわけですよね。書かれていることが子どものためのものであっても、これだけ多ければ、子どもはつねに、どう見られるかを意識するようになりますよ。そうやって身につく力が生きる力になるとは思えない。自己肯定できない不安をうえつけるだけですよ。ぼくだって注意はします。けど、その場ですぐ改善を求めないばあいもあります。難詰すれば気持ちがはなれると感じるときです」

「それじゃ、いつあらためさせるのですか」

校長が挙手もせず立って言った。

「子どもが身をのり出して聞いてくれるような楽しい授業をくふうしながら、信頼してくれるのを待ちます」

「おもしろいから聞く、おもしろくないから聞かない、授業はそんなものではありませんよ。先生の話はちゃんと聞く、おもしろくてもおもしろくなくても、聞くのです。それが教育の土台です。いまはそれがくずれている状態なのです」

「しかし、それじゃ、授業は楽しくないでしょう……」

祐一郎と校長の言い争いになりそうであった。そのとき、養護教諭が挙手した。

「わたしは、学校は楽しいところであってほしいと思っています。子どもは目覚めている時間の大半を学校ですごすからです。楽しければ意欲的にもなるし、それをつづけたいから、ゆずったり折り合いをつけたりすることを学び、人との関係をつくれるのだと思います。俊さんのほかにも気になる子どもはいます。保健室のベッドで熟睡するのです。ふつうならおちつかないところなのに。それだけストレスがたまっているのだと思います。楽しいという気持ちは、子どもの成長に不可欠なんです」

言葉をかみしめるような発言であった。けれども、すぐにことなる意見が出た。

「そのご意見には基本的に賛成です。ですが、教室にはべつの要素があります。保健室では一対一ですが、教室には四十人の子どもがいるということです。個別対応だけではすまないのです。だから集団としてのきまりが必要で、それがなかったら、ささいなことにもいちいち、自分で判断しなければなりません。そんな時間があったら、もっと授業の準備をしたいと思いますよ」

「わたしも別室というのはいきすぎだと思いますが、だれもが納得できることなら、子どもに具体的にしめすのはいいことだと思います。ただ、ここに書いてあることすべてが納得できるわけではありませんが」

「三回で別室というのが理解できません。いままでも、興奮した子どもをなだめるのに場をかえて話したことはあります。でも、それとこれはちがいます。別室と明文化すれば教育の一環としてやっていることになり、体罰容認とかわりません。つれて行かれた子どもは、レッテルをはられたような気がするのではないでしょうか」

いつになくつづく発言に、校長の表情はけわしくなっていった。

「レッテルだなんて、言語道断です。別室といっても、対象になるのはひとりですよ。そういう子どもが増えないように、われわれは守ってやらなければならないのです。先生がたに名案があるのなら、ぜひ聞かせていただきたい」

理性をかなぐりすてた発言を、それでも校長は堂々と終えた。祐一郎の理性も消えかかった。

「手だてはありますよ。排除をやめて、ひとりひとりが必要としていることにこたえることです。時間がどんなにかかってもやるしかないんですよ。このままいけば『ゼロ・トレランス』とおなじになりますよ。もっとも困難をかかえている子どもを見すてない、われわれのそんな気持ちが子どもにつたわれば、子どもは不安にならずおちつきます。それしか手だてはありません」

言い終えたとたん、自分の興奮状態に気づいて目のやり場にこまった。

「ゼロ・トレランス」は米国で普及している生徒対応の方法であるが、直訳すれば「ゼロ寛容」ということになる。日本では二〇〇六年、国立教育政策研究所の「生徒指導体制の在り方についての調査研究」報告書で紹介され、文部科学省があらたな生徒指導プログラムとして教育現場への導入を推奨するなかで全国的に広がった。主として中学校ではあるが、小学校にもこういう形で入ってきている。

司会がかけ時計に目をやった。

「話し合いのとちゅうでありますが、きょう、この件についての結論を出すのはむりだと考えます。いまも登校時間など、いくつかのきまりはあるわけで、そこに追加すべきかどうか、それぞれの項目ごとに検討する必要があると思います。できれば生活指導委員会で検討していただき、再提案という形にしたいのですが。日程の調整は教務主任におねがいします」

絶妙なまとめ方であった。この件が校長の手からはなれ、学校として考えていくことになったのだ。

職員会議が終わると、祐一郎は教室で仕事をした。しばらくすると、副校長が紙コップを二つ持って入ってきた。

「おつかれさまでした」

そう言って、副校長はコーヒーをわたした。

祐一郎が真意をはかりかねていると、副校長は思いつめた表情で話しはじめた。

「先生におたずねしたいことがありまして……」

副校長の話は祐一郎をおどろかせた。彼は降格したいと言ったのだ。つまり、ひら教員に戻るということだ。そういう人はたしかにいる。組合のニュースにものったことがあるし、副校長もそれを読んだのだという。

「異動申請の時期がきたら、希望を出すつもりです」

「そりゃ、嬉しいなあ。副校長に……」

「いや、野本がいいです」

「じゃ、野本さん、なんで管理職になったんですか。きっと、すばらしい実践をしておられたでしょうに」

「うぬぼれていたんですよ。言うことに筋がとおっていれば相手をかえられる、と思っていたし、わかい教員を育てていける、とも思っていましたからね。しかし、あまかった。あいては教育機構そのものでした。力およばず、というところですよ」

「いやあ、野本さんみたいな人には、子どものいちばん近くにいてほしいですよ。大歓迎です。

ついでと言ってはなんですが、組合に入りませんか。まえは入っていたんでしょ？　だったらぜひ」

　野本はちょっと首をかしげた。

「佐藤さんはどう考えますか。これまで行政から下りてくるものにいいものはなかった。だから組合は反対してきた。しかしですよ、行政が喜ばしい政策を出すようになったら、組合の存在意義というのはどんなものになるんでしょうかねえ。だって、そんな社会になってほしいとねがってたたかっているわけでしょ。ねがいが実現した時代の組合の意義です。職員会議や互助会や研究会とはちがう、なにかがありますかねえ。いや、いやみを言ってるのではないのです。ぼくはまえから、そのことが気になっていたんですよ」

「そうかあ、なるほど……」

　祐一郎は夕日にそまる校庭を見ながら考えた。そのうち、だんだん明るい気持ちになってきた。

「いやあ、そんな時代になったらいいなあ。やりたい方法で授業して、子どもとじゃれあって、職員室でも子どもの話が飛びかって……楽しいだろうなあ。校内の安全点検をするように労働環境の点検も毎月する。その分野では組合はスペシャリストですからね」

「いやいや、それも校務分掌の中に入ってくるかもしれませんよ」

「そうか、そうか。国の責任で労働環境を守るわけだな」

「まあ、われわれが生きているうちはむりでしょうがね」

「ざんねんながら。いやあ、ひさしぶりにワクワクしましたよ。ときどき話しましょうや。万年青年でもいいじゃないですか」

祐一郎が言うと、野本も声を立てて笑った。

# 六章　朽ち木の香り

## （一）

居酒屋「ほしび」を出たとき、雨は上がっていた。雲のかげに薄月が見える。片山昭彦はうるんだ目で空を見上げながら、ここちよい余韻にひたっていた。

「片山はこれから息子のところに行くんだったな。うちに来てもらえばいいんだが。息子はなにしてるんだ?」

と、東京に住んでいる田口修平が言った。

「気にしないでくれ。あいつは小中一貫校で小学校の教員をしているんだ。ちゃんとやっているのかどうか、ようすも見ておきたいと思ってね」

「そうか、同業じゃ休みもおなじだから、休暇でもとらなくちゃ、見るなんてできないからな」

「いまあちこちで増えてるやつだろ?　仕事が増えてたいへんじゃないのか。よくやってるなあ」

「どうだかねえ。うちのほうでもいろいろ出てきそうだし……」

昭彦はとちゅうで口をつぐんだ。頭にうかんだことの問題点もまだ整理できていないし、せっかくの余韻に水を差したくはなかった。

「どんな仕事も、いまはたいへんさ。子どもの就職がきまったって、安心なんかできないんだから」

「がんばりすぎないように言ってね。どんなに意義のある仕事でも、命けずってまでやることはないもの」

「ああ、言っとくよ。きょうは会えてよかったよ」

「来年のきょうもまた集まろうな。それまで、おたがい老けこまないようにしようぜ」

「秋の七夕ね」

六人は地下鉄の駅にむかった。それぞれとちゅうの駅でおりてのりかえる。電車がとまるたびにひとり、またひとりとおりていった。別れのあいさつは簡単であった。ホームに立って男は片手を上げ、女は小さく手をふる。

昭彦は地下鉄を出て西にむかう電車にのりかえた。これから一時間はかかる。車窓の景色から明かりが少なくなってやっと座れた。すぐに眠くなったが、鉄橋をわたる振動で目がさめた。この橋をわたると気温が下がる、と息子の純平が言ったことがある。そのときは笑ったが、たしかに、ひらいたドアから入りこむ空気が秋冷を感じさせる。

　昭彦は窓外を眺めながら、ぼんやりと考えた。純平はきょうの集会に参加しなかった。「安全保障関連法案」が成立するときも、若ものの反対運動に参加しなかった。組合にも入っていない。職場にも組合員がいるふうではない。かといって、反動的な思想を持っているわけではなかった。たまに帰省したときに話しても、ものの見方にへだたりを感じることはない。

　仕事は楽しんでやっている。まじめに働き、子どものことでも保護者のことでもこまってはいないらしい。市の小教研には積極的に参加するが、昭彦がやってきたような民間の教育研究会にはのり気でない。そういったことが、昭彦にはものたりなかった。いまの学校でこまらないというのが理解できないのだ。壁につきあたれば現状に疑問を感じ、自分の仕事と政治が無関係ではないと気づくかもしれない。いや、そうならない可能性のほうが高いかもしれない。

「ま、いいか」

　と、昭彦はひとりごちた。

　楽しく働いているのなら、親としては安心なことだ。多少の問題があっても、喜びのほうがまさっているということになる。いまは新規採用の会社員のうち、三人にひとりが三年以内にやめるという。就職も結婚も安定につながる時代ではなくなった。だから暫定的ではあるが、いまはめぐまれているのだ。しかし、そう思っても寂寥感がぬぐえなかった。

　このごろ、自信が揺らぐことが増えた。人の成長の道すじについて信じてきたことが、偏狭な思いこみではないかと考えてしまうのだ。仲間との協力の必要性に気づいて組合活動へ、そのなかで学校での努力だけでは限界があると気づいて政治的にめざめていく。自分も旧友たちもそうだった。それなのに、人間が社会的な存在である限り、その道すじはとうぜんのことと思ってきた。それなのに、おなじ仕事についた息子のたどる道の予想がつかない。共有できるものとできないものがあるのは自明のことながら、それが世代や個性のちがいでとどまるのかどうか、そこが不安なのであった。

　純平のマンションについたのは午前零時をまわっていた。

「おかえり。思っていたより早かったね」

「元気そうだな。おまえはあした仕事なのに、わるいな」

「へいきだよ。いつもこんなもんさ」

「どうだった？　青春がよみがえった？」

　ペットボトルの水をわたしながら、純平は揶揄するように言った。昭彦はのどをならして飲んだ。なんともいえない清涼感であった。

「仕事はうまくいっているのか」

「まあね。はじめての一年生だけど、なんであんなにかわいいんだろうねえ。はじめは学校用語がつうじなくて、ひよこがしゃべってるような感じだったけど、いまはちゃんとつたわる。まえの六年生もこうやって大きくなってきたんだとわかっていたら、あんなにおこるんじゃなかったなあ」

昭彦は声を立てて笑った。

「あしたのことだけど、校長に話したら、いつでもどうぞだってさ。校長は出張でいないからあいさつなんかいいよ。参観者が多いし、気にもしないんだよ。ただ、運動会の練習をしているから、授業らしい授業は少ないと思うけどね」

そう言いながら、純平は「参観者」と書いた札をわたした。業者が仕事で入るときは「来校者」という札になるという。あした、これを首からさげるということだ。

「わかった。運動会も小中いっしょにやるのか」

「それぞれの校庭で開会式をやり、小が中のほうに移動して中三の演技を見て、また小に戻って自分たちの運動会をする。ややこしいけど、中三の演技にはみんな感動するね。それに中学の先生も言ってるよ。みぢかに小さい子どもがいると、生徒が優しい顔になるって。たしかに、一年生が校庭のフェンスにへばりついて見ていると、中学生が話しかけてくるもんね」

「かわいいんだろうな。六年生の卒業式はやるのか」

「うちの市はやるよ。やらないところもあるらしいね。だいいち、六・三制じゃなくて四・三・二制のところもあるからね。こうなると、学習指導要領なんか意味ないだろうね。小中一貫校でなくても、かわった教科をつくっているところもあるしね」

「教育特区でなんでもありか」

昭彦は残りの水を飲みほした。

教員になってからずっと、学習指導要領に反対してきた。改訂されるたびにあらたな問題をふくんでいたからだ。しかし、構造改革の一端として「教育特区」が認められるようになると、学習指導要領にはない教科をつくったり、一時間の授業で複数の教科をやったり、奇を衒うようなことをする自治体も出てきた。そこでは、学習指導要領を守れ、といいたくなる事態も生じている。

「めんどうなことが増えたんじゃないのか」

「朝のうちあわせや職員会議は、はじめに校長がマイクで話をして、あとは小と中にわかれるから、無駄といえばいえるけど、時間がかかるわけじゃない。慣れてくればけっこうやれるよ。環境にはめぐまれているし」

昭彦は話の内容にも、純平のとらえ方にも違和感をおぼえた。おそらく話し合いにはならず、通達と確認で会議は終わる。そして、そのとおりにことが進められていく。ことというのは子どもにかかわるすべての取り組みのことだ。

「これ、見て。うちは全国学力テストの結果がいいから、教育予算も多いんだよ」

純平が持ちだしたのは、小学生を持つ保護者向けの雑誌であった。大手の出版社が発行している。そのなかに、公立校ながら難関中学校への進学が多い学校として、純平の学校がのっていた。小中一貫校といっても、べつの中学校に行くこともできる。純平の学校からも六年生の二割は私立に進学するらしい。

　昭彦はパラパラとめくってみた。書かれていることはまちがっていないが、よい印象はうけなかった。全国学力テストの結果いかんで予算の配分をかえるなど、あっていいはずがない。公教育の精神にもとる。

「おまえ、これどう思う」

「どうって、ぼくが子どものころ、父さんも母さんもおなじようなこと言っただろ？　生活リズムとか食事とか外遊びとか。しかり方のことで父さんたちがけんかしたこともあったじゃん。姉ちゃんとそれ聞いて、笑ってたんだぜ」

「それとはちがうさ。この本は有名校に進学させるための方法として書いているだけじゃないか。父さんたちが言っていたのはそうじゃない」

「どうちがうのさ、なかみはおなじでしょ？　だれが言ったって、いいことはいいよ」

と、純平は言った。屈託のない顔であった。

　昭彦は居酒屋で旧友と話したようには話せなかった。糸口を見つけるのにどこまでたぐればよいのか、それを考えるだけでどっと疲れが出た。思わず大あくびをした。

「父さん、もう寝たほうがいいよ。あっちの部屋のベッドつかってよ。ぼくは朝が早いから、このソファでいい」

それから翌日の段取りをつけ、昭彦は床についた。疲れているのに頭はさえざえとしている。さっきの純平の言葉がうかんでくる。あの雑誌に書いてあった「生きる力」や「たしかな学力」という言葉は、組合の運動から生まれたようなものなのだ。スローガンにかかげられた時期もある。それがいまでは、行政から下りてくる文書にもつかわれている。しかし、自分たちには「どの子にも」という前置きがあった。そこがちがう。

「批判精神のそだて方というのはなくていいんですかね」

昭彦は姿の見えない相手にかみついた。

小中一貫校は二〇一五年に改訂された学校教育法に、学校の種類の一つとして明記された。正式には「義務教育学校」という。けれどもじっさいには、「学園」という名称になっているところが多い。先行した中高一貫校は一九九八年、「中等教育学校」という名称ですでに記されている。したがっていまの学校教育法第一条は「この法律で、学校とは、幼稚園、小学校、中学校、義務教育学校、高等学校、中等教育学校、特別支援学校、大学及び高等専門学校とする。」となっている。

純平の学校は十年ほどまえ、小中一貫教育の研究指定校として新設された。中学進学時に壁にぶつかり、不登校やいじめなどが生じやすいと考え、早くからなじませる目的でつくられたものだ。「中一ギャップ」という言葉もよく耳にした。しかし、その実態も一貫教育の成果も、じゅうぶん検証されているわけではない。

「つまるところ、机上の論理じゃないか」

昭彦は天井に目をすえて吐きすてた。


翌日、純平は七時まえに家を出ていった。昭彦は用意してあったパンとコーヒーで朝食をすませ、純平にもらった学校要覧に目をとおした。これはどこの学校でも作成するもので、教育目標や組織図など、学校の概要が記されている。

校舎の配置図を見ると、小学校と中学校はべつの校舎だが、職員室でつながっている。体育館とプールはそれぞれにあった。広い校庭は中央にフェンスがあってくぎられている。純平の学級の子どもがへばりつくというフェンスだ。

小学校は二十学級で中学校は八学級である。中学一年生になると学級数が減るのは、私立中学校にすすむ六年生が多いからだ。職員構成の欄を見ると、校長は小中兼任でひとり、副校長は小学校にふたり、中学校にひとりであった。小学校には二十八人の教員がいる。そのうちのひとりが純平だ。小中あわせた教職員は五十人をこえるから、職員室はかなり広くとってある。

昭彦は校舎のおおまかな配置図を頭にいれ、二時間目くらいをめどにマンションを出た。学校のようすを見たらまっすぐ空港に行くことにしている。

純平に指示されたバス停でおり、学区を歩いていった。真新しい一戸建てが並んでいる。

ガレージに高級車がとまっているところもあった。全体に豊かな暮らしぶりがつたわってくる。

ほどなく学校についた。大きな正門の右側に「B市立小中一貫校　さくら木学園　さくら木小学校」と書いてあり、左側には「B市立小中一貫校　さくら木学園　さくら木中学校」と書いてある。これが正式な校名というわけだ。敷地はとても広く、小中どちらの校庭でも運動会の練習をしていた。しばらくそのようすを見てから、二階の事務室に行って手つづきをすませた。

はじめに目についたのはトイレであった。デパートのトイレのようにきれいで、入り口には暖簾がかかっており、手洗い場には鏡がついている。トイレのまえの廊下は半円形に広くなって、ベンチがすえつけられている。壁に「オープンスペース」と書いてあった。外から見たときまるくはりだしていた部分のようだ。

昭彦は一階に下りて行った。一年生の教室はそこにある。子どもの声が聞こえた。しかし、広い廊下はあるのに教室が見えない。木の壁のおくから聞こえてくる。このうらに教室があるのだろう。しばらくすると、体操着をきた子どもが壁のきれめからぞろぞろ出てきた。子どもは昭彦を見てもおどろかず、あいさつをしてくる。

「はしらないよ。わかってるね」

聞きなれた声がして、純平が出てきた。体操着に笛をさげ、バインダーを持っている。運動会の練習に出ていくところのようだ。

「お、びっくりした」

と純平は言った。昭彦も「おう」とこたえた。

「だれ？　ね、だれなの」

男子のひとりが純平のジャージをつかんで言った。

「先生のお父さん」

「うっそう」

「じゃ、じいじだ」

子どもたちがはしゃぎだした。

「ほら、もうやめ。練習におくれるよ」

純平は子どもをせき立てて出ていった。数人の子どもがふりかえって「じいじ、バイバイ」と手をふった。

昭彦は木の壁のうらをのぞいてみた。空間が広がっていて、三教室がまる見えだった。多くの学校にある廊下も壁も戸もない。となりの教室とのしきりがあるだけだ。机の並んでいるところが教室で、その手まえのスペースはちょっとした遊び場に見える。

昭彦は不安をおぼえた。どこも見える。どこからでも見られる。それが子どもの成長にとってどうなのか。いつも明るく元気に、と建物が強要している。おとなの気づかないところで、子どもは疲れているにちがいない。

校庭では一年生の練習がはじまっていた。むかしから定番の玉入れだ。その指導が純平の担当らしく、紅白旗を持って朝礼台に立っている。玉がほどよくかごに入ったころ、純平が笛をふいた。子どもたちはすぐに膝をかかえてすわった。

「いっしょにかぞえましょう」

純平のかけ声にあわせ、子どもたちは大声でかぞえはじめた。砂いじりくらいはしていても、かってに立ち歩く子どもはいなかった。純平の指導もとおっている。昭彦はいくらか安堵した。

学校を辞してから、少し歩いてみることにした。B市は全市が小中一貫校になっているから、外からだけでもほかの学校を見ておきたかった。

しばらくすると、農地のむこうに学校が見えた。民家のあいだに低いマンションも建っている。もとは農地だったのだろう。校門のよこに「B市立小中一貫校　けやき学園　けやき小学校」と書いてある。校舎はずいぶん古い。

昭彦はかたわれの中学校を探した。さして遠くないところに「B市立小中一貫校　けやき学園　けやき中学校」と書いた門があった。通りがかった人にきいたところ、この中学校にはほかの小学校からも入ってくるという。そこへ行ってみると「B市立小中一貫校けやき学園　のはら小学校」と書いてあった。

小中一貫校のかたちは複雑だ。めざしたのは、ひとりの校長のもとに一つの教職員集団があって、同一敷地内に小中両方の校舎があるというものだろうが、それを建設するにはばくだいな金がかかる。だから、はなれたところにある分離型や隣接型という、施設改善をともなわない一貫校もある。これまでの学校に冠をつけただけともいえる。

さらに「小中一貫型小学校、中学校」というのもある。これは組織上独立した学校で、それぞれにべつの校長を擁しながらも、九年間一貫した教育目標と教育課程があれば、施設の一体、分離をとわず設置可能な学校のことである。一貫した教育課程は学校べつ、あるいは自治体べつにつくられる。そこに民間企業の作成したカリキュラムが導入される可能性もないとはいえない。このほかにも学校制度の根幹にかかわるような、それでいてわかりにくい変化がうごめいている。六歳で入学してくる一年生もその保護者も、学校の正式な名称をはたして知っているだろうか。

生まれ育ったところの小学校に、近所の友だちといっしょに入学するのがあたりまえの時代があった。そこに私立の学校が増え、六歳から受験する子どもも出てきた。そして、こんどは公立学校が多様化してきた。小中一貫校はしばしば、学校選択制とあわせて導入される。そこでは、必然的に公立のエリート校が出てくることになる。

昭彦はバス停を探して歩きだした。純平の自信にみちた顔がうかんでくる。初任校が「さくら木小学校」で三年目になる。いきなり高学年の担任になったので心配したが、どうにか二年がすぎ、この春卒業させた。その経験が自信になっているのはわかる。

しかし、この学校は特殊な環境にある。異動先で自信はくずれるかもしれない。それは必要な経験だ。いろいろな家庭があり、いろいろな子どもがいる。それを知らないまま、義務教育の教員でいてはならない。

空港につくと、昭彦は家族と職場にみやげを買った。家には妻と純平の年子の姉がいる。指定された搭乗口の近くで時間をつぶした。東京ですごした二日間がだんだん遠のいていく。六人で共有した手ごたえは、ひとりになったときに力を発揮しなければならない。きょうはたらいている五人も、ひとりの問題に直面しているはずだ。

飛行機が轟音を上げて離陸した。耳の違和感を消すためになん度も水を飲まなければならなかった。ほどなく、飛行機は雲海の上まで上昇した。白い雲だけを見ていると、頭のすみにかくれていたものが顔を出し、無遠慮に広がってきた。それは、居酒屋のまえで逡巡して話さなかったことであった。

夏休み明けのある日、地方紙の一面に、市が「公共施設適正規模配置計画案」を発表したという記事がのった。市職員が二年かけてつくったという。この新聞は昭彦の住む市にある新聞社が発行しているものだが、市のこまかい動きや異動情報が得られるので重宝している。なにより問題なのは、それがいきなり新聞発表されたことであった。

その計画案のさいごに「施設の統廃合というと、これまで親しんできたものを取り壊すというイメージを持たれがちですが、本市においては『小中一貫教育』を推進し出す子どもたちの教育環境を充実させるためのとりくみを進めることにしておりこれと連携して、公共施設の適正化のとりくみを推進してまいります。」と書いてあっ中一貫教育」推進を理由に施設の統廃合を進めるということだ。市は近日ちゅうに小ごとに説明会をひらくことにしている。昭彦の勤務する第五小学校は来週の予定であっ

昭彦の住むK市は人口が約七万人であるが、十年ほどまえに三町村が合併してできたので人口はいくらか増えたものの、それ以上に面積が広くなった。いわゆる「平成の大合併」といわれた構造改革の一つである。経済効率はよくなったかもしれないが、役所や病院が遠くなったりして、生活が不便になった人は多い。

昭彦はいくつかの市で勤務したあと、さいごの職場として二年まえ、K市の第五小学校に異動してきた。母校ではないけれど、やはりしたしみを感じる。ことしは四年生を担任しているが、どの学年も単学級なのが気に入っている。学級数が複数だと学年の足並みをそろえなければならないので、さいごは、つちかってきたことを生かして自分なりの授業をしたかった。学年通信は学級通信とおなじわけだから、「ほしび」と名づけて、自分のペースで発行している。だが、組合員は昭彦だけだ。ほかの学校でも似たような状況で、情勢にみあった活動ができているわけではない。学期に二、三回、各職場に呼びかけて集まるのがせいぜい

である。

　妻の佐知子も小学校の教員をしていたが、昭彦の母親に介護が必要になって退職した。亡くなってからは産休や育休の代替講師をしていたけれど、ちかごろは声がかかってもことわっている。

　娘の日菜子はおなじK市で、昭彦とはべつの小学校の音楽専科をしている。昭彦の学校より規模は大きい。家事全般を母親にやらせ、自分は仕事だけをしている。結婚する気もないらしい。組合には加入していない。職場に組合はなく、自分も必要を感じないという。

　家についたときは日も落ちていた。ふたりともまだ帰っていなかったので、みやげをテーブルにおいて缶ビールをあけた。しばらくして玄関をあける音がした。

「あら、帰ってたの？　みなさん、元気だった？」

　佐知子が、重そうな買い物ぶくろを調理台にのせながら言った。

「ああ、年はとったけど元気だ」

「そう、よかったわね。で、純平はちゃんとやってた？」

「仕事か？」

「それもだけど、食事なんか」

「朝飯を食わせてくれたんだから、やってると思うよ。仕事もまあ、あんなもん一年生をもっているんだが、あいつが入学したころを思い出したよ」

「泣き虫だったから、しょっちゅう、六年生におぶわれて保健室に行ってたものね」

佐知子は純平のおさなかったころの話をしながら夕飯のしたくをした。ときどき、思い出し笑いもした。

日菜子が帰宅してテーブルのみやげに目を止めた。

「そうか、お父さん東京に行ってたんだっけ。純平に会った？　あいつ、ちゃんとやってんのかなあ。で、そもそもなんのために行ったんだっけ」

「知らないのか。一年後の九・一九だよ。雨なのにすごい人だった。あれだけの若ものが集まると、この国も捨てたもんじゃないと思えるね。たまたま居酒屋で高校生といっしょになったんだが、ちゃんと自分の言葉で話すし、自分の頭で考えているんだよ」

「へえ。はじめのころは、若い人がネットでわっと集まるような、ＩＴデモクラシーには半信半疑だったのにね」

「きっかけはなんでもいいさ。気づいて当事者になることが大事なんだから。関係がないように見えることも、筋道を立ててちゃんと考えればつながっている、それに気づいた時点で当事者なのさ」

「当事者、ねえ」

日菜子はちょっと考えるそぶりを見せた。

佐知子が食卓をととのえて夕飯になった。やはり、話の中心は純平のことであった。もう二十五歳になるのに、年子の姉まで子どもあつかいする。

日菜子がきゅうに話題をかえた。

「お母さん、講師やる気ない？　病休者が出たのよ。いまは副校長が担任になっているけど……知りあいに声をかけてくれって、朝会で校長が言ったの。経験豊富な人がいいんだって」

「やりません。心身ともに自信がありません」

佐知子はにべもなくことわった。

「やっぱ、そうか。こういう病休者が増えていく事態を、教育委員会はどう考えているんだろう。小教研の帰りに聞いたんだけど、新聞に出た記事、あれでいくと、音楽専科の半分くらいは異動になるんじゃないかって。残れた人も小中両方の授業を持たされるだろうって。また病休者が出ると思うなあ」

「そんな具体的な話が出ているの？」

「だって、小学校が半分になるんでしょ？　子どもの数はかわらないのに」

母と娘はふたしかなことに不安をいだいていた。きっと多くの市民もおなじだろう。

K市の「公共施設適正規模配置計画案」では、中学校とそこに進学していた複数の小学校をまとめ、新しく小中一貫校にするとなっている。しかし建てかえるわけではなく、中学校はそのまま、小学校は中学校に近いところに集めようというのだ。市全体では、小中一貫校が四校できることになる。学校数が少なくなれば、校長をはじめ各校にひとりの専科教員も減らすことができる。事務主事や用務主事も減らして仕事の範囲を広げるだろう。子どもにとっては集団が大きくなり、通学距離も時間もおおはばにながくなる。

「だいたい、なんで学校を減らすわけよ。少子化は少人数学級にするチャンスじゃない。新築しなくてもできるんだから」

「小中一貫校なんて、教育的な観点から考えたことじゃないのよ」

「純平のところも一貫校だったよね。見てきたんでしょ？」

日菜子がこんどは昭彦に言った。

「……あいつのところは特別だな。モデル校みたいなもんだから。おれはいいとは思わないが、あいつは楽しくやっていたよ。それはそれでいいか、と思ってるがね。ただ、ほかの一貫校は名前がかわっただけで、なかみはどうだろうなあ」

昭彦は、見聞してきたことにつけたして言った。

「わたしはね、小学生と中学生の交流だけじゃなくて、赤ちゃんからお年よりまで交流すべきだと思うの。人間の生きる姿を全部見られるわけだから。かといって、小中一貫校に賛成じゃないのよ」

佐知子はまえからそう考えていたようだ。

夕飯も入浴もすませてくつろいでいると、タオルで髪をふきながら、パジャマ姿の日菜子が話しかけてきた。

「あのさあ、あの計画が現実化すれば、あたしも当事者になるわけでしょ？　組合に入ったほうがいいのかなあ。ひとりじゃ、どう考えたらいいのかわかんないし。職員会議でも話すことにはなってるけど。ね、組合でなければできないことって、なに？」

昭彦はいっしゅん言葉につまった。

「なにって……組合は職員会議と対立するものじゃない。職員会議では言いづらいことも率直に話して、問題点をあきらかにしていくんだ。つまり、学習する場だ。それと、労働者の権利を守るためにたたかう組織ということかな」

「でも、過労死の裁判のニュースなんか見ると、たたかっているのは遺族と弁護士だよね。あれって、遺族はさきに組合に相談しているわけ？　こんどの計画のことも、組合はたたかうんだよね。どんなふうにするんだろ。ぜんぜん見えないんだけど」

「組合のない会社もあるし、裁判となれば、やはり弁護士の力が必要だからな。こんどの件は急すぎて、組合もまだ話せていない。しかし組合員だって、方針が出るまで待っているわけじゃないんだぞ。まず、職場の人と話してみることさ。当事者というのは市民全部だ。あれはそういう計画なんだからな」

「そうだよね。学校だけの問題じゃないよね」

日菜子はソファに腰をおろし、めずらしく大きなため息をついた。

その夜、昭彦は早めにベッドに入った。市の計画案を再読するつもりで眼鏡といっしょに持ってきたが、いろいろなことがうかんできて集中できなかった。

しばらくして、佐知子がとなりのベッドにきた。冷え性なのでもう布団をかけている。

「講師の話、考えてやったらどうだ。こまっていると思うよ」

「ええ、こまっていると思うわ。でも、いや。わたしには、もの思いにふけるような時間が必要なんだとわかったの。ぼんやりしている時間がね。批判されてもゆずれない」

佐知子の声はおちついていた。おなじ仕事と組合活動をしながら、じっさいには家事も育児も佐知子ひとりが負ってきたようなものだ。昭彦の母親の介護のために退職したのも、昭彦ではなく佐知子であった。自分のための時間を生きたくなったのだろう、と昭彦は考えた。だが、そうではなかった。

「これまでの暮らしに不満があったわけじゃないのよ。時間をかみしめたいというか、置いてきたものや落としてきたものを拾いあげたいというか、そんな気もちなの」

「まさか……」

「だいじょうぶ、病気じゃないから。ちょっと芸術家の気分かな。芸術家って、意味を考えずにはいられない人だと思う。そのたびに現実が停滞するわけだから、家庭が崩壊するのもむりないわね」

「そうか」

しずかな時間が流れた。

「あなた、日菜子も純平も組合に入っていないから、気にしてるんじゃない?」

「いや、そういうわけじゃ……」

言葉がつづかなかったのは、またぞろ自信が揺らいでいたからだ。

「組合はあったほうがいい。真実に早くたどりつけるし、力もすぐに結集できる。でも、どんな運動も組合からはじまるというのは、思いこみじゃないかしら。さっき日菜子に言ったじゃない。きっかけはなんでもいいって。こんどのことでは組合の方針はまだ出ていない。でも、待ってはいられない。自分がどうするか、ということよね。それがほんとうじゃない?」

「そうだな。運動は個人の中からはじまる。しかし、それだけでは終わらない。個人の知恵は集まってくる。そこが組合かどうかはべつにして」

「組合はずっとずっと攻撃されてきたものね。わたし、もう寝るわ。おやすみ」

佐知子は肩まで布団を引き上げて言った。

「おやすみ」

スタンドの明かりを消し、昭彦はくらがりの中で息をこらした。

(二)

翌朝、昭彦は重い体をおこして学校にむかった。自転車をこぐだけで息がきれる。運動会が春だったので休暇をとれたが、さすがに一泊二日の上京はこたえた。

職員室に入ると、机上に「公共施設適正規模配置計画案」と書いた冊子がおいてあった。

「きのうはすみませんでした。これは？」

昭彦はみやげの菓子を配りながら言った。

「きのう、校長先生が配布されました。意見を聞きたいので読んでおいてくださいって」

「そう。もう読んだ？」

「小学校が半減するそうですね。小中一貫校なんて、ていのいい統廃合ですよね」

「おれもそう思うよ」

ふたりの声は大きくはなかったが、小さくもなかった。この学校では会話に気がおけない。時代にとり残されたような空気がある。昭彦にとっては望外の喜びであった。

なにより、管理職が管理職らしくない。とくに校長は、昭彦より年上だがものごしがやわらかで、教員に口出しをせず、暇を見つけては学校園の手入れをしている。育った花は自分で廊下などにかざっている。全校朝会でも動植物にかんする話が多いので、子どもが草花を校長室に持ちこんで名前をきいていることもある。理科クラブの補助をしたり、実験準備をてつだったりもしている。

副校長は補教を専門にしているようなもので、学級担任が休むときはその学級の一日担任になる。きのうは昭彦の学級に入ることになっていた。まだ四十代でわかいから、あるいは野心家なのかもしれないが、校長の影響をうけているようだ。

教室の戸をあけると、子どもたちがいっせいに視線をむけた。

「きのう、がんばったんだってな。副校長先生がほめてくれたよ」

と、昭彦は言った。どの顔も愛らしい。

教卓には学習したプリントやノートがきちんとそろえて置いてあった。どれにも副校長のサインがしてある。

朝の会がはじまると、子どもの目が昭彦に集中した。きょう、十歳の誕生日をむかえる子どもがいるのを知っているからだ。昭彦はひとりの男子をまえによんだ。

「きょうの天才くんは関口知明くんです。知明くん、天才おめでとう」

「おめでとう」「とも、おめでとう」

子どもたちが口ぐちに言う。これを待っていたのだ。

壁の一角に、全員の誕生カードをはるコーナーがある。カードはまるい雲のかたちに切りぬいたもので、名前と誕生日が書いてある。それが「テンサイ号」と名づけたロケットが噴射した排気のように見える。子どもの誕生日がくるごとにカードは増えていく。四年生は十歳になる年だ。英語になおせばテン歳、だから「天才おめでとう」と言っていわう。昭彦が知明のカードをはると拍手がわいた。その日の授業はここちよく進んだ。

子どもを下校させ、定例会議も終わって職員室に戻ると、

「片山先生、少し時間をいただけますか」

と、校長が言ってきた。あの冊子のことだとわかった。

「先生のお考えをうかがいたいと思いましてね。じつは、わたしもこんな形で出てくるとは思わなかったものですから、いささか」

校長は自分でいれた茶をすすめた。

「市の動きが見えなかったわけですか」

「いや、市が合併してからそろそろ十年ですから、なにか打ち出してくるだろうとは思っていましたよ。しかし、ここまで根こそぎかえるものになるとは」

「十年ですか」

昭彦はその意味をとらえられないままつぶやいた。

校長の説明によると、「平成の大合併」をした自治体は、十年後から地方交付税の減額期に入るのだという。それまで各旧市町村の地方交付税をたした総額を得ていたものが、しだいに減らされていき、五年後には一自治体ぶんだけになる。そのため、既存の公共施設を維持・改修することができなくなるという理由で、公共施設の統廃合が進められることになる。さらに、そういった計画書を提出すれば、公共施設解体費などに補助金が出ることになっているという。補助金をたのみにする自治体は、蟻地獄におちた蟻のように、細く暗いところへむかうしかない。

「そうなんですか。しかし、学校はほかの施設みたいに簡単にはいかないでしょ」

「学校の統廃合も、五十八年ぶりの手引書改正で、うんとやりやすくされましたからね」

と、校長はつづけた。

改正された「公立小学校・中学校の適正規模・適正配置等に関する手引き」では、学校規模の基準として、小学校六学級以下、中学校三学級以下の学校を「学校統合等により適正規模に近づけることの適否をすみやかに検討する」こととした。また学校の配置基準として、従来の通学距離を基準とした「小学校四キロメートル以内、中学校六キロメートル以内」に、スクールバスなどをもちいて「おおむね一時間以内」の基準がくわえられた。バスで一時間といえば相当の距離が通学圏内に入る。通学の足を確保する手だてをこうじてもまだ、統廃合するほうが安くつくということだろう。

「そのための小中一貫校ですか。文科省のいっていた『中一ギャップ』なんて、どこふく風ですね。じつは息子のところが……」

昭彦は純平の学校のようすを話し、「つくられたエリート校ですよ」とつけくわえた。

「あれも無謀な理由づけでしたね。九年間の一貫教育といったって、内容はまる投げですからね。あんなに強制してきた学習指導要領との整合性も問題にしていない。小学校としては『小一ギャップ』のほうが切実ですよ。その解消には幼小一貫ですか。いっそ幼稚園から中学校まで一貫にすればいい」

「いやいや、保育所もありますから、文科省と厚労省の枠をこえなきゃなりませんよ」

校長の皮肉が伝染し、昭彦も思わず軽口をたたいた。

「本題に入りますとね、来週の説明会のことなんですよ。片山先生は出られますか」

「そのつもりです」

「ぜひ、そうしてください」

校長は少し安堵したようすでつづけた。

「教育委員会が学校に説明にくるのですが、事前に質問事項を提出しろというのです。こたえを準備してくるのでしょう。これは教職員だけの問題ではありませんから、わたしとしては地域の声を聞いたうえで質問状をつくりたいのです。で、先生がたにもできるだけ出ていただきたいのです。わたしは出られないものですから」

校長はにがにがしい表情にかわった。

校長は質問する側ではなくこたえる側だといわれているのかもしれない。質問はなるべく出ないほうがよいと思っているのだ。質問が攻撃に聞こえるようでは話し合いはできない。ことなる意見を排斥してきめたことが、公の名を冠してまかりとおるのなら、公は個人をふみつぶすものでしかない。

「わかりました。保護者にも参加を呼びかけていいですよね。学校に質問がきてもこたえられませんからね」

「そうですね。強制はできませんが」

校長はおだやかに言った。前任校の校長なら認めないところだ。

「おききしてもいいですか？　校長になられたきっかけ、みたいなものはなんですか」

「低学年の理科がなくなって『せいかつ科』になり、『総合的な学習の時間』ができて理科の時数が減らされ、系統的な学習ができなくなったからです。理科のもっとも大事でおもしろいところを捨ててしまった。そのころ、せいかつ科と理科で研究発表をしましてね、わたしは二年生の担任でしたから、せいかつ科で『いろいろな音を出してあそぼう』という単元をつくったのです。ところが、事前指導にきた指導主事が指導案を見て、『音の出ているものはふるえている、ということに気づかせるのは、せいかつ科の目標から逸脱している』と言ったのです。音は、見えないものを視覚と触覚でとらえられる、すぐれた教材なのですよ。それなのに、ただ遊ばせればいいというのに納得がいかなかった。で、いやになりましてね。まあ、そのころのわたしは、自信過剰の鼻もちならない人間でしたからね」

「そうでしたか。じゃ、理科クラブは楽しいでしょ」

「ええ。担当の先生にはご迷惑かもしれませんが」

校長は目をほそめた。

昭彦は校長室を出るとすぐ、各教室をまわり、説明会に出ようと同僚をさそった。やはり関心はたかく、そのつもりでいたものが多かった。それから、学級ＰＴＡの役員にも電話をし、参加をよびかけてもらうことにした。反応はよかった。

昭彦が帰宅してまもなく、日菜子が仏頂面をして帰ってきた。

「どうしたの？」

佐知子がのぞきこんでいる。

「こんどの職員会議で、あの計画案について質問をうけつけると校長さんが言ったんだけど、ひとりで読んでも、なにがどう問題なのかわからないよ。わざと質問が出ないようにしているとしか思えない。ね、お父さんの学校はどうすんの？」

日菜子は計画案の冊子をテーブルに放りだした。昭彦が持っているものとおなじだ。

昭彦が校長室での話をつたえると、日菜子は目をまるくして聞いていた。

「そんなこと話してくれる校長さんがいるんだ。担任の当たりはずればっかりいわれるけど、校長の当たりはずれもあるんじゃん。その校長さんは理科が専門なんだね。うちの校長は管理が専門だけど……この計画は教育の問題から出てきたわけじゃないのか。バスで一時間といったら、毎日が遠足だよ。学校につくころは疲れてしまって、勉強どころじゃないと思うなあ。護送車にのせられて往復するようなもんだね」

佐知子が食卓をととのえ、食事がはじまっても話はとぎれなかった。

「でも、その話を聞いたのはお父さんだけで、ほかの先生は知らないわけだよね。やっぱ個人個人で質問を準備するわけ？」

「いや、みんなの教室をまわって合意したし、学級ＰＴＡの役員さんにも電話したよ。しかし、保護者も学校の窮屈さは感じているんだね。なにも言わないのに『連絡網をつかってまわすのはまずいですよね』って言ったよ。口コミでつたえるってさ」

「日菜子もお父さんのところの説明会に出てみたら？　あなたのところより早いでしょ？どこに出てもいいんだから。お母さんも行くつもり」

と、佐知子が口をはさんだ。

「そうしようかなあ。地域の人の意見も聞いてみたいし」

昭彦が言うと、日菜子は箸を持ったまま少し考え、「わかった」とこたえた。

「職場に相談できる人はいないのか。話題にするだけでもいいから、声をかけてみたら。みんな不安を感じているはずさ」

翌週になって、昭彦の勤務する第五小学校区の説明会の日が来た。公民館のホールで行われることになっている。ここは合併するまえの、まだ人口が多かったときに建てられたものだ。古くはなったが利用者は多い。無料でつかえるのも理由の一つだろう。佐知子も市報に目をとおし、ここでひらかれる講座や教室によく参加している。

会場には予想以上の人が集まっていた。みんな入口で配られた冊子を持っている。昭彦がついたときには座りきれないほどであった。公民館の職員が追加のパイプ椅子を運んでくる。

みわたすと、職場の同僚はみな来ていた。学級の保護者も数人は確認できた。佐知子はまえのほうにいたが、日菜子はおくれてきたので座れなかった。

「ほんじつは、おいそがしいところ多数お集まりいただき、まことにありがとうございます。ただいまより、説明会をひらかせていただきます」

あいさつに立ったのは、この計画案をつくったプロジェクトチームの市職員であった。かわって、その座長をつとめた市の役員が経過を説明し、すべて読み上げた。なにもつけ加えなかった。そして「学校の統合につきましては教育委員会の担当でありますから」と言って、参加者がいちばん聞きたい内容の説明は指導主事にまかせた。

昭彦は、この流れ作業のような対応に初手から疑問をいだいた。全体をまるごと把握しているものはいないのではないか。公共施設を減らすということだけを共通理解し、あとはそれぞれを管轄する部署にまかせているのではないか。その疑問は昭彦に限ったことではないようで、ささやきは批判めき、身をのりだして聞く人も増えてきた。場内にふつふつとエネルギーが泡立っている。

「では、ご質問のある方は、はじめにお名前をおっしゃってからおねがいします」

と、司会が言った。空気がかたくなった。そのとき、ひとりの老人が立ち上がった。

「市民の声を聴くために説明会をひらいたわけでしょ？　だったら、質問しやすくしなけりゃならんでしょうが。名前は言わなくてもいいんじゃないですかねえ」

場内から拍手と賛同の声が上がった。この老人は、よく駅頭で署名活動をしている。「安保関連法案」に反対する署名もやっていた。いつも「年金者組合」ののぼり旗を立てて五、六人でうったえている。

その発言をかわきりに挙手がつづいた。

「子どもたちが切磋琢磨して育つように規模を大きくするというが、小規模校だからできるよさもありますよ。ひとりひとりちゃんと見てくれるし、親どうしも顔見知りです。大きすぎる集団では子どももおちつかないし、親のつながりもなくなって、話せば消える不安も残ってしまうと思います」

「世の中がせかせかきりきりしているなかで、五小はゆったりしている。おとなの世界がどうかわろうと、子ども時代は、時間も人間関係もゆったりすごさせてやりたいと思います」

「なぜ、五小の子どもだけが、こんな遠いところに行かなくちゃならないのですか。人数が少ないから、動かすのに便利ということですか」

この発言にはいちだんと大きな拍手と声が上がった。

第五小学校が入る予定の小中一貫校には、中学校一校と小学校三校が集まることになっている。第五小学校以外の二校はもとからおなじ中学校に進学していた。しかし全市的に児童数も減り、小学校を三校に増やそうというのだ。第五小学校は徒歩でかよえる中学校に行っていたが、そこはなくなってしまう。この計画でいちばん条件が厳しくなるのは第五小学校であった。

「それにつきましては、五小のみなさまにはもうしわけなく思っております。スクールバスを用意して、子どもたちの負担を軽くしたいと思っております。時間帯などにつきましては、こんごバス会社と話し合って進めてまいりたいと考えております」

と、市の役員がこたえた。しかし、保護者はそれでは納得がいかず、質問がとびかった。はじめの話では、通学に要する時間は三十分ということだったが、問いただすと、それは第五小学校からはかった時間であった。じっさいには、子どもを集める場所が複数あって、バスがそこをまわって乗せていくことになるだろう。とうてい三十分ですむとは思われない。会場はだんだんざわついてきた。

そんななかで、保護者らしい男性が声を出して挙手した。

「学校のなかみについて、初歩的なことを質問します。いまの中学校は七年生、八年生、九年生になるわけですね。通学時間はおおはばにのびますが、授業時間はいまのままですか。一貫教育というと、教科書はどうなりますか。ほかの県に転校してもこまることはありませんか。人数が増えれば学級数も増えますが、体育館や音楽室など、ちゃんと公平に授業できますか。六年生の卒業式はなくなるのですか。運動会や学芸会はいっしょにやるのですか。いろいろありますが、ひとまずそこまでこたえてください」

男性は準備してきたらしいノートを見ながら、ゆっくりと発言した。質問の一つひとつが、参加者の脳裡に、子どものいる場面を想起させるにじゅうぶんであった。

市の職員たちは顔を見あわせてうなずき、代表で指導主事がマイクをにぎった。

「学年のよび方はそのとおりでございます。学習内容につきましては、学習指導要領から逸脱するものではございませんので、転校される場合もご心配はいらないと存じます。そのほかのことにつきましては、これから先生方と相談して対応したいと考えております」

「肝心なことはなにも考えていないんじゃないか。財政赤字を減らしたいだけだろうが」

うしろの席から、声をあらげる人がいた。それにも拍手がおこった。抗議がつづき、この計画が教育的な観点から出たものではないことが明白になった。

「しかしですね、本市の財政難は事実なんですよ。なんとかしなければ、いずれ破綻するしかないんですよ。みなさんのほうになにかよい案があるのなら、ぜひ、おしえていただきたい」

市の役員も気色ばんだ。そのおどし文句のような発言は住民の怒りをかい、さらにあらあらしい言葉が飛びかった。収拾がつかなくなりそうであった。

さいしょに発言した老人が立ち上がった。

「われわれも、市の財政をなんとかしなけりゃいかんと思っておりますよ。わたしも後期高齢者ですから、金のかかる人間だということは自覚しております。だからといって、この計画案を認めろ、というのは筋がとおらない。だって、あなた方は住民の質問にこたえられなかったでしょ？　それじゃあ、賛成もなにもあったもんじゃない。わからないんですから。

住民が納得するまでなん度でも、説明会をやってくださいよ。それを約束してくれるなら、きょうはこのへんで終わってもいいだろうと思いますがね。公民館の閉まる時間をすぎていますから」

さいごのほうは参加者を見ながら言った。了解の拍手がなった。司会がその提案を了承して散会になった。三時間以上経っていた。

昭彦が公民館を出ると、学級の保護者が待っていて声をかけてきた。関口知明の母親であった。母親は誕生日のことで礼を言い、相談したいことがあると言った。昭彦は了解し、佐知子を見つけて帰宅が遅くなると告げた。

喫茶店に入るとすぐ、母親はもうしわけなさそうに言った。

「すみません。お話しするつもりではなかったのですが、さっきの話を聞いていたら不安になってしまって。下の子のことなんです。学校に行きたがらないときがあって。あ、担任の先生はとてもよくしてくださるんですけど」

知明は一年生の弟と母親の三人で暮らしている。いつもいっしょに登校してくるなかのよい兄弟だ。たしかに、ふたりそろって遅刻してくることがある。知明は理由を話さないが、弟をつれてくるのに時間がかかっているのかもしれない。

「バス通学になると、どこかに集まって、バスを待つわけですよね。うちの子がおくれたら迷惑をかけてしまいます。いまは歩いて五分ですけど、バスで三十分もかかるんじゃ、家を出る時間がずっと早くなる。弟がぐずったとき、知明まで遅刻させるわけにはいきません。だからといって、ひとりで家においていくわけには……朝起きてから寝るまで、なにごともなくスムーズにいくなら、バスに合わせる生活もできるかもしれません。でも、そんな日は一日だってありません。余裕もないし、子どもには事情はわからないし」

母親は手の甲をこすりながら、顔も上げずにいっきに話した。

子どもをせきたてる朝の風景がうかんでくる。知明だけではない。どの家庭にもそれぞれの事情があり、それぞれの暮らし方がある。その中心にある学校が、行政のつごうで遠くにやられる。これまで友だちといっしょに歩いていた通学路は、バスの車窓から眺めるだけのものになる。

「知明くん、優しいからなあ。きっと、お母さんとおなじように胸をいためると思いますよ」

母親は小さくうなずき、やっとコーヒーカップを口に運んだ。

「学校のことですから、先生方は知っていらしたんですよね」

母親は抗議しているのではなかった。ただ、学校までが承諾しているのならもうどうしようもない、というようなあきらめが感じられた。学校が自分たちのがわではなく、行政のがわにいることを肌で感じているのだ。

「いえ、ぼくらも新聞で知りました。とうてい、賛成なんかできません。あの計画はすぐ動き出すわけじゃない。納得いくまで説明させなければなりません。まだまだ、道はあるはずですよ。子どもにしわ寄せがいくようなこと、させるわけにはいきません」

胸の奥からわきあがってくるものが、昭彦の口をついて出た。

「そうだったんですか。いちばん関係のある人の意見も聞かず、だれがきめたんでしょうね。ひどい話ですよね……たったこれくらいの人できめたんですか」

母親は計画案の冊子をめくり、プロジェクトチームのメンバーをかぞえた。


昭彦が帰宅したとき、佐知子と日菜子の話し声が玄関まで聞こえていた。立腹しているのではなさそうだ。

「おかえり。早かったわね」

佐知子が茶をいれに立った。

「なにを楽しそうに話していたんだ?」

「これからの学校はどうあるべきか、なあんちゃって。会場の意見に触発されて、考えることがいっぱい出てきたわけよ。学校のなかみだけじゃなく、廃校になった跡地はどうするのかな、なんて」

日菜子はソファのうえであぐらをかいたまま言った。

「それでね、福祉の拠点にしたらどうかって考えたのよ。災害時の避難場所、老人施設、保育所、学童保育所、子ども食堂、カラオケルーム、体育館、それから……」

佐知子がメモを見ながら言った。だんだん楽しくなって書きだしたのだという。

「のんきだね、まったく」

昭彦は日菜子の膝をたたいてとなりに腰をおろした。

「もちろん、あの計画案には反対よ。でも、すべてが現状のままでいいとも思えない。人口減はつづくだろうし、公共施設は老朽化するし、そんなことを考えたら、全体的につくりかえる必要があると思ったのよ」

日菜子はこんどは膝をかかえ、口をとがらせて言った。

「ゆりかごから墓場まで、安心して暮らせるようにしたいもの。この人口になって、学校がいまのままでいいとは思えない。あの計画はずさんだけど、反対するだけじゃ、自然に廃校になるのを待つことにならない？」

と、佐知子も言った。

「そうだな。しかし、まずは学校のことだよ」

「それだけじゃだめよ。小中一貫校を目玉にした構造改革なんだもの」

佐知子の言葉が昭彦の背中をおした。

「組合の支部長に電話してくる」

昭彦は鞄を持って立ち上がった。

「ね、お母さん。きょう来ていた人たちの家でも、うちみたいな話をしているんだろうね。

運動って、どこでも芽ぶくんだね」

日菜子が話している。昭彦はそれを聞きながら書斎にむかった。

つぎの日、昭彦が出勤すると、知明の弟を担任している美和が話しかけてきた。

「関口さん、どんなお話でした？」

昭彦は母親の心配をつたえた。

「わたしも心配です。この学校ののんびりしているところに救われている子どもは多いと思います。わたしだってそうです。ここでは子どもに説教するんじゃなく、むき合って話せるんですよ。これって、大事なことだと思うんですよね」

「教員が子どもに説教しかできなくなったら、おしまいだよ」

「じつはあれから、みんなで飲みに行ったんです。そこで、また集まって話そうということになったんですけど、片山先生も来てくれますよね」

「もちろん」

昭彦は声をはずませた。

教室に行くと、教卓に連絡帳がおいてあった。知明の母親が書いた礼状であった。だれのために財政赤字を解消するのでしょうか、と母親はいう。市民、住民と該当しそうな単語を上げても、だれも自分のこととは思わないだろう。市民はどこにいるのか。

なにかが揺れはじめている。あちらこちらで生じる波紋は、ぶつかって崩れるかもしれない。合わさって大きくなるかもしれない。

放課後、昭彦はふたたび校長によばれた。説明会のようすを聞きたいのだ。昭彦は会場の中のことだけでなく、知明の母親との面談や連絡帳のことも話した。校長はうなずきながら聞きおわり、ぽつんともらした。

「こんなことがいたるところで起こっています。この国は、どこへ行こうとしているのでしょうかねえ」

「少なくとも学校に関することは、学校が責任をもって考えなくちゃならないですよね。『公務員は全体の奉仕者』という憲法の条文、その全体というのはなかなか手ごわい言葉ですね。腹に力を入れて考えないと」

「十五条ですね。いまでは『お客さまは神さまです』と同程度にしかあつかわれていませんがね。たしかにキーワードです……じつはおねがいがありましてね」

校長があらたまって言いだしたのは、昭彦にゆくゆくは校長になってほしいという話であった。昭彦は即座にことわったが、校長はそれも想定ずみという表情でつづけた。

「近いうちに、計画案について学校としての質問をまとめて提出します。多様なものをまとめるときは、いくつかの類型に分類しますね。しかし、それはだれの考えともちがうものになる。集約することにはそういった危険がつきまとう。誠実にまとめた場合でも、です」

校長はそこで話をきった。

校長によっては意見を操作することもあるということだろうか。校長会の雰囲気がつたわってくるようであった。

「学校の代表としてよばれるのは校長だけなのです。校長になにができるかとも考えましたが、つたえることはできる。つたえたことが生かされているかチェックもできる。もうすぐ定年ですが、予想以上にひどいものが出てきたので、再雇用を希望して、もう少しがんばろうかと思いなおしました。で、片山先生にもぜひ」

昭彦は苦笑しながら再度ことわった。校長になるにはまず副校長にならなければならない。その時点で組合はやめるということだ。それがいちばんひっかかっている。が、それを理由にはあげなかった。

「わたしなんか、受けてもおちますよ」

「いや、わかりませんよ。退職や異動を考えている人も多いですから。これから管理職のなり手も減ると思います。そうなれば、民間からつれてくることも考えられる。校長が教育行政に流されてきたのは否めませんが、それでも、学校は教育の場だと知っています。もともと子どもの好きな人ですからね、事業家ではありません。金の欲はないが、いくらか名誉欲はあったということです。まあ、考えてみてください」

昭彦は「考えてはみます」と返事して校長室を出た。

帰宅の道すがら、校長の言葉がなん度もうかんできた。組合には組合の運動のやり方がある。学習会や教職員へのアンケート調査や教育委員会との交渉など、これまでいく度もやってきたことだ。しかし昭彦は、同僚のだれもが組合員ではないことが気になっていた。いま、質問を書くまえに集まろうという動きがある。その成果は学校から出す質問書に反映される。組合が調査をしてもことなる結果は出ないだろう。

運動の軸足は学校におき、組合は学校の運動をあとおしする。昭彦はそう考えはじめた。しかしそれでも、組合をやめることには抵抗がある。

帰宅したとき、佐知子がひとりで夕食をとっていた。

「日菜子は?」

「職場の人と飲み会ですって。なにか考えているみたいだったわ。あなたも遅くなるかと思ってた」

「なんでそう思ったんだ?」

「なんだか、あちこちで動き出したみたいだから。あのかんろくのある発言をした男の人、もと中学の先生だって。すごくがんばる人みたいよ。どこに行っても見かけるって、友だちが言ってた」

と、佐知子ははずんだ声で言った。

昭彦は校長との話はしなかった。佐知子の意見は想像がつく。校長になるのを反対はしない。退職してから、ものごとに対する反応や考えがやわらかくなっている。そんな佐知子に気おくれがすることもある。

　食事がすんで書斎にこもってからも、思考が堂々めぐりするばかりであった。ことの重さがわかるにつれ、周囲の動きがつたわるにつれ、金縛りにあったような自分がとり残されているような気がしてきた。組合の力も小さくなった。若い世代の組織離れも進んでいる。しかし、弱者が疎外される世の中はつづいている。たたかわないという選択肢はない。昭彦は旧友と話したいと思った。それぞれかかえている問題はちがっても、通底する心情がある。

　東京で世話になった礼も言いたくて、田口修平に電話をした。ひととおり謝辞をのべたあと、市の計画案の概要を説明した。

「そりゃ、たいへんだなあ」

　修平は吐息しながら言った。

「それでな……」

　昭彦は校長に言われたことを話した。修平の返事できめるつもりはない。ただ、迷いはわかってくれそうな気がした。修平は少しあらたまって言った。

「組合に限らずどんな組織でも、人を見るとき、自分たちに近いかどうかをたしかめたくなる。防衛反応なんだろうが、それは市民共闘の足かせにもなるんじゃないか。労組間の共闘はあったけれど、どこにも属さない人と共闘したのは、正直いって「安保関連法案」のときがはじめてだった。「ＰＫＯ法案」のときもなん度も国会に行ったが、あれほど広い運動ではなかった。共闘というのは、おれたちにとっても課題だよ。おまえ、校長になるのは裏切りだと思ってんだろ」

「まあな」

「そんなことだと思ったよ。まあ、試験を受けてもだめかもしれんぞ」

「だよな」

「いや、あんがい受かるかもしれん」

「かもな」

「どっちにしても、だれが言っているかではなく、なにを言っているかが問題だよ。おれはそう思う」

あ、と昭彦は思った。純平と佐知子が言ったこととおなじだ。

「おまえがどうきめても、おれは応援するぞ」

と、修平は言った。

電話をきったとき、昭彦は自分の中にわきあがるものを感じた。それは形をなさない熱であった。あすにとどく橋をかける、その一員でありたいとねがう熱であった。

「この年で、まだ脱皮しなくちゃならんとはね」

窓をあけると、月が雲にかくれていた。それでも、雲の切れ間からわずかな光が見える。

月齢はわからないが、これから満ちていく月だ。

そう思ったとき、あの啄木の歌がうかんできた。

「想ひのせて　想ひに胸の　魂ひめて　世の海こぐか　詩歌の小舟」

昭彦はくりかえし口ずさんだ。


（了）

**佐田 暢子**（サタ　ノブコ）

1950年　福岡県生まれ
元小学校教員

冬(ふゆ)の架(か)け橋(はし)

2019年2月21日　初版第1刷発行

著　者　佐田(さた)　暢子(のぶこ)
発行者　新船(しんふね)　海三郎(かいさぶろう)
発行所　株式会社 本の泉社
〒113-0033 東京都文京区本郷 2-25-6
電話：03-5800-8494　Fax：03-5800-5353
mail@honnoizumi.co.jp ／ http://www.honnoizumi.co.jp
印　刷　新日本印刷　株式会社
製　本　新日本印刷　株式会社


ISBN978-4-7807-1920-8　C0093